U0544524

21堂大师写作课 2

7位文学名家的黄金写作法则

季羡林　等著

北京联合出版公司
Beijing United Publishing Co.,Ltd.

图书在版编目（CIP）数据

21 堂大师写作课：2：7 位文学名家的黄金写作法则 / 季羡林等著 .-- 北京：北京联合出版公司，2022.12
ISBN 978-7-5596-6519-5

Ⅰ.①2… Ⅱ.①季… Ⅲ.①文学写作学—通俗读物 Ⅳ.①I04-49

中国版本图书馆 CIP 数据核字（2022）第 201557 号

21 堂大师写作课：2：7 位文学名家的黄金写作法则

作　　者：季羡林 等
出 品 人：赵红仕
选题创意：北京青梅树下文化传媒有限公司
策划制作：西周的木鱼
责任编辑：夏应鹏
装帧设计：末末美书
内文排版：麦莫瑞

北京联合出版公司出版
（北京市西城区德外大街 83 号楼 9 层　100088）
北京联合天畅文化传播公司发行
北京美图印务有限公司印刷　新华书店经销
字数 100 千字　880 毫米 ×1230 毫米　1/32　6.25 印张
2022 年 12 月第 1 版　2022 年 12 月第 1 次印刷
ISBN 978-7-5596-6519-5
定价：54.00 元

目　录

老　舍

叶圣陶

汪曾祺

梁实秋

季羡林

苏　童

鲁　迅

老舍

散文并不“散”[1]

我们今天的散文多数是用白话写的。按说，这就不应当有多少困难。可是，我们差不多天天可以看到不很好的散文。这说明了散文虽然是用白话写的，到底还有困难。现在，我愿就我自己写散文的经验，提出几点意见，也许对还没能把散文写好的人们有些帮助。

一、散文是用加过工的语言组织成篇的。我们先说为什么要用加过工的语言：散文虽然是用白话写的，可并不与我们日常说话相同。我们每天要说许多的话，假若一天里我们的每一句话都有过准备，想好了再说，恐怕到不了

① 原载《北京文艺》一九五一年第二卷第一期。本书脚注均为编者所加，后文不再另行说明。

晚上，我们就已经疲乏不堪了。事实上，我们平常的话语多半是顺口搭音说出的，并不字字推敲，语语斟酌。假若暗中有人用录音机把我们一日之间的话语都记录下来，然后播放给我们听，我们必定会惊异自己是多么不会讲话的人。听吧：这一句只说了半句，那一句根本没说明白；这一句重复了两回，那一句用错了三个字；还有，说着说着没有了声音，原来是我们只端了端肩膀或吐了吐舌头。

想想看，要是写散文完全和咱们平常说话一个样，行吗？一定不行。写在纸上的白话必须加工细制，把我们平常说话的那些毛病去掉。我们要注意。

二、散文中的每个字都要用得适当。在我们平时说话的时候，因为没有什么准备，我们往往用错了字。写散文，应当字字都须想过，不能“大笔一挥”，随它去吧。散文中的用字必求适当。所谓适当者，就是顺着思路与语气，该俗就俗，该文就文，该土就土，该野就野。要记住：字是死的，散文是活的，都看我们怎么去选择运用，“他妈的”用在适当的地方就好，用在不适当的地方就不好，它不永远是好的。“检讨”“澄清”“拥护”……也都如是。字的本身没有高低好坏之分，全凭我们怎么给它找个最适当的地方，使它发生最大的效用，就拿“澄清”来说吧，我看见过这么一句：“太阳探出头来，雾慢慢给澄清了。”“澄清”本身原无过错，可是用在这里就出了岔子。雾会由浓而薄，由聚而散，可不会澄清。我猜：写这句话的人可能是未加思索，随便抓到“澄清”就用上去，也可能是心中早就喜爱“澄清”，遇机会便非用上不可。前者是犯了马虎的毛病，后者是犯了溺爱的毛病；二者都不对。

一句中不单重要的字要斟酌，就是次要的字也要费心想一想，甚至于用一个符号也要留神，写散文是件劳苦的事；信口开河必定失败。

三、选择词与字是为了造好句子。可是，有了适当的字，未必就有好句子，一句话的本身须是一个完整的单位；同时，它必须与上下邻句发生相成相助的关系。有了这两重关系，造句的困难就不仅是精选好字所能克服的了。你看，就拿“为了便于统治，就又奴役了知识分子”这一句来说吧，它所用的字都不错啊，可不能算是好句子——它的本身不完整，不能独立地自成一单位。到底是“谁”为了便于统治，“谁”又奴役了知识分子啊？作者既没交代清楚，我们就须去猜测，散文可就变成谜语了！

句子必须完整。完整的句子才能使人明白说的是什么，句子要简单，可是因为力求简单而使它有头无尾，或有尾无头，也行不通。简而整才是好句子。

造句和插花儿似的，单独的一句虽好，可是若与邻句配合不好，还是不会美满；我们把几朵花插入瓶中，不是要摆弄半天，才能满意吗？上句不接下句是个大毛病。因此，我们不要为得到了一句好句子，便拍案叫绝，自居为才子。假若这一好句并不能和上下句做好邻居，它也许发生很坏的效果。我们写作的时候虽然是写完一句再写一句，可不妨在下笔之前，想出一整段儿来。胸有成竹，一定比东一笔西一笔乱画好得多。即使这么做了，等到一段写完之后，我们还须再加工，把每句都再细看一遍，看看每句是不是都足以帮助说明这一段所要传达的思想与事实，看看在情调上是不是一致，好教这全段有一定的气氛。不管句子怎么好，只要它在全段中不发生作用，就是废话，必须狠心删去。肯删改自己的文字的必有出息。

长句子容易出毛病。把一句长的分为两三句短的，也许是个好办法。长句即使不出毛病，也有把笔力弄弱的危险，我们须多留神。还有，句子本无须拖长，但作者不知语言之美，或醉心欧化的文法，硬把它写得长长的，好像不写长句便不足以表现文才似的。这是个错误。一个作家必须会运用他的本国的语言，而且会从语言中创造出精美的散文来。假若我们把下边的这长句：

不只是掠夺了人民的财富，一种物质上的掠夺；此外，更还掠夺了人民的精神上的食粮。

改为：

不只掠夺了人民的物质财富，而且抢夺了人民的

精神食粮。

一定不会教原文吃了亏。

四、一篇文字的分段不是偶然的。一段是思想的或事实的一个自然的段落，少说点就不够，多说点就累赘。一句可作一段，五十句也可作一段，句子可多可少，全看应否告一段落。写到某处，我们会觉得已经说明了一个道理或一件事实，而且下面要改说别的了，我们就在此停住，作为一段。假若我们的思路有条有理，我们必会这么适可而止地、自自然然地分段。反之，假若我们心中糊里糊涂，分段就大不容易。而拉不断扯不断、不能清楚分段的文章，必是糊涂文章。有适当的分段，文章才能清楚地有了起承转合。

有适当的分段，文章才能眉目清楚，虽没有逐段加上小标题，而读者却仿佛看见了小标题似的。有适当的分段，读者才能到地方喘一口气，去消化这一段的含蕴。近来，写文章的一个通病，就是到地方不愿分段，而迷迷糊糊地写下去。于是，读者就因喘不过气来，失去线索，感到烦闷，不再往下念。

写完了一段或几段，自己朗读一遍，是最有用的办法。当我们在白纸上画黑道儿的时候，我们只顾了用心选择字眼，用心造句；我们的心好像全放在了纸上。及至自己朗读刚写好的文字的时候，我们才能发现：

（一）纸上的文字只尽了述说的责任，而没顾到文字的声音之美与形象之美。字是用对了，但是也许不大好听；句子造完整了，但是也许太短或太长，念起来不顺嘴。字句的声音很悦耳了，但也许没有写出具体的形象，使读者不能立刻抓到我们所描写的东西。这些缺点是非用耳朵听过不能发现的。

（二）今天的写作的人们大概都知道尊重口语。可是，在拿起笔来的时候，大家都不知不觉地抖搂出来欧化的句法，或不必要的新名词与修辞。经过朗读，我们才能发现：欧化的句法是多么不自然；不必要的新名词与修辞是多么没有力量，不单没有帮助我们使形象突出，反倒给形象罩上了一层烟雾。经过朗读，我们必会把不必要的形容字与虚字删去许多，因而使文字挺脱[①]结实起来。“然而”“所以”“徘徊”“涟漪”，这类的字会因受到我们的耳朵的抗议而被删去——我们的耳朵比眼睛更不客气些。耳朵听到了我们的文字，会立刻告诉我们：这个字不现成，请再想想吧。这样，我们就会把文字逐渐改得更现成一些。文字现成，文章便显着清浅活泼，使读者感到舒服，不知不觉地受了感化。

（三）一段中的句子要有变化，不许一边倒，老用一种结构。这，在写的时候，也许不大看得出来；赶到一朗读，这个缺点即被发现。比如：“他是个做小生意的。他的眼睛很大。他的嘴很小。他不十分体面。”读起来便不起劲，因为句子的结构是一顺边儿，没有变化。假若我们把它们改成：“他是个做小生意的。大眼睛，小嘴，他不十分体面。”便显出变化生动来了。同样地，一句之中，

① 方言，意为强劲结实、挺括舒展。

我们往往不经心地犯了用字重复的毛病，也能在朗读时发现，设法矫正。例如：“他本是本地的人。”此语是讲得通的，可是两个“本”字究竟有点别扭，一定不如“他原是本地的人”那么好。

以上是略为说明：散文为什么要用加过工的语言和怎样加工。以下就要说，怎么去组织一篇文字了。

五、无论是写一部小说，还是一篇杂文，都须有组织。有组织的文字才能成为文艺作品。因此，无论是写一部小说，还是一篇短的杂文，我们都须事先详细计划一番，作出个提纲。写了一段，临时现去想下段，是很危险的。最好是一写头一段的时候，就已经计划好末一段说什么。

有了全盘的计划，我们才晓得对题发言，不东一句西一句地瞎扯。

有了全盘的计划，我们才能决定选用什么样的语言。

要写一篇会务报告，我们就用清浅明确的文字；要写一篇浪漫的小说，就用极带感情的文字。我们的文字是与文体相配备的。写信跟父母要钱，我们顶好老老实实地陈说；假若给他老人家写一些散文诗去，会减少了要到钱的希望的。

有了全盘的计划，我们才会就着这计划去想：怎样把这篇东西写得最简练而最有效果。文艺的手法贵在经济。我看见过不少这样的文章：内容、思想，都好；可是，写得太冗太多，使人读不下去。这毛病是在文章组织得不够精细。“多想少写”是个值得推荐的办法。散文并不真是“散”的。

这样，总结起来说，要把散文写好，须在字上，句上，段上，篇上，都多多加工；这也就是说，在写一篇散文的时候，我们须先在思想上加工，决定教一字不苟、一字不冗。文章是写给大家看的，写得乱七八糟，便是自己偷了懒，而耽误了别人的工夫；那对不起人！

人物，语言及其他[①]

短篇小说很容易同通讯报道混淆。写短篇小说时，就像画画一样，要色彩鲜明，要刻画人物形象。所谓刻画，并非指花红柳绿地作冗长的描写，而是说，要三言两语勾画出人物的性格，树立起鲜明的人物形象来。

一般地说，作品最容易犯的毛病是：人物太多，故事性不强。《林海雪原》之所以吸引人，就是故事性极强烈。当然，短篇小说不可能有许多故事情节，因此，必须选择了又选择，选出最激动人心的事件，把精华写出来。写人更要这样，作者可以虚构、想象，把很多人物事件集中写到一两个人物身上，塑造典型人物。短篇中的人物一

① 原载《解放军文艺》一九五九年元月号。

定要集中，集中力量写好一两个主要人物，以一当十，其他人物是围绕主人公的配角，适当描画几笔就行了。无论人物和事件都要集中，因为短篇短，容量小。

有些作品为什么隔着云雾望山头，见物不见人呢？这原因在于作者。不少作者常常有一肚子故事，他急于把这些动人的故事写出来，直到动笔的时候，才想到与事件有关的人物，于是，人物只好随着事件走，而人物形象往往模糊、不完整、不够鲜明。世界上的著名作品大都是这样：反映了这个时代人物的面貌，不是写事件的过程，不是按事件的发展来写人，而是让事件为人物服务。还有一些名著，情节很多，读过后往往记不得，记不全，但是，人物却都被记住，所以成为名著。

我们写作时，首先要想到人物，然后再安排故事，想想让主人公代表什么，反映什么，用谁来陪衬，以便突出这个人物，这里，首先遇到的问题：是写人呢？还是写事？我觉得，应该是表现足以代表时代精神的人物，而不是为了别的。一定要根据人物的需要来安排事件，事随着人走：不要叫事件控制着人物。譬如，关于洋车夫的生活，我很熟悉，因为我小时候很穷，接触过不少车夫，知道不少车夫的故事，但那时我并没有写《骆驼祥子》的意图。有一天，一个朋友和我聊天，说有一个车夫，买了三次车，丢了三次车，以致堕落而悲惨地死去。这给了我不少启发，使我联想起我所见到的车夫。于是，我决定写旧社会里一个车夫的命运和遭遇，把事情打乱，根据人物发展的需要来写，写成了《骆驼祥子》这一个作品。

写作时一定要多想人物，常想人物。选定一个特点去描写人物，如说话结巴，这是最肤浅的表现方法，主要的是应赋予人物性格特征。先想他会干出什么来，怎么个干法，有什么样的胆识，而后用突出的事件来表现人物，展示人物性格。要始终看定一两个主要人物，不要使他们写着写着走了样子。贪多，往往会叫人物跑样的。《三国演义》看上去情节很多，但事事都从人物出发。诸葛亮死了还吓司马懿一大跳。这当然是作者有意安排上去的，目的就是为了丰富诸葛亮这个人物。《红日》中大多数人物写得好。但有些人就没有写好，这原因是人物太多了，有些人物作者不够熟悉，掌握不住。《林海雪原》里的白茹也没写得十分好，这恐怕是曲波同志对女同志还了解得不多的缘故。因此不必要的、不熟悉的就不写，不足以表现人物性格的不写。贪图表现自己知识丰富，力求故事多，那就容易坏事。

写小说和写戏一样，要善于支配人物，支配环境（写出典型环境、典型人物），如要表现炊事员，光把他放在厨房里烧锅煮饭，就不易出戏，很难写出吸引人的场面；如果写部队在大沙漠里铺轨，或者在激战中同志们正需要喝水吃饭，非常困难的时候，把炊事员安排进去，作用就大了。

无论什么文学形式，一写事情的或运动的过程就不易写好，如有个作品写高射炮兵作战，又是讲炮的性能、炮的口径，又是红绿信号灯如何调炮……就很难使人家爱看。文学作品主要是写人，写人的思想活动，遇到什么困难，怎样克服，怎样斗争……写写技术也可以，但不能贪多，因为这不是文学的主要任务。学技术，那有技术教科书嘛！

刻画人物要注意从多方面来写人物性格。如写地主，不要光写他凶残的一面，把他写得像个野兽，也要写他伪善的一面。写他的生活、嗜好、习惯，对不同的人不同的态度……多方面写人物的性格，不要小胡同里赶猪——直来直去。

当你写到戏剧性强的地方，最好不要写他的心理活动，而叫他用行动说话来表现他的精神面貌。如果在这时候加上心理描写，故事的紧张就马上弛缓下来。《水浒》中的鲁智深、石秀、李逵、武松等人物的形象，往往用行动说话来表现他们的性格和精神面貌，这个写法是很高明的。《水浒》中武松打虎的一段，写武松见虎时心里是怕的，但王少堂先生说评书又做了一番加工——武松看见了老虎，便说："啊！我不打死它，它会伤人哟！好！打！"这样一说，把武松这个英雄人物的性格表现得更有声有色了。这种艺术的夸张，是有助于塑造英雄人物的形象的！我们写英雄人物，要大胆些，对英雄人物的行动，为什么不可以做适当的艺术夸张呢?

为了写好人物，可以把五十万字的材料只写二十万字，心要狠一些。过去日本鬼子烧了商务印书馆的图书馆，把我一部十万多字的小说原稿也烧掉了。后来，我把这十万字的材料写成了一篇中篇《月牙儿》。当然，这是其中的精华。这好比割肉一样，肉皮肉膘全不要，光要肉核（最好的肉）。鲁迅的作品，文字十分精练，人物都非常成功，而有些作家就不然，写到事往往就无节制地大写特写，把人盖住了。最近，我看到一幅描绘密云水库的人们干劲冲天的画，画中把山画得很高很大很雄伟，人呢?却小得很，这怎能表现出人们的干劲呢?看都看不到啊!事件的详细描写总在其次；人，才是主要的。因为有永存价值的是人，而不是事。

语言的运用对文学是非常重要的。有的作品文字色彩不浓，首先是逻辑性的问题。我写作中有一个窍门，一个东西写完了，一定要再念再念再念，念给别人听（听不听在他），看念得顺不顺、准确不、别扭不、逻辑性强不……看看句子是否有不够妥当之处。我们不能为了文字简练而简略。简练不是简略、意思含糊，而是看逻辑性强不强，准确不准确。只有逻辑性强而又简单的语言才是真正的简练。

运用文字，首先是准确，然后才是出奇。文字的修辞、比喻、联想假如并不出奇，用了反而使人感到庸俗。讲究修辞并不是滥用形容词，而是要求语言准确而生动。文字鲜明不鲜明，不在于用一些有颜色的字句。一千字的文章，我往往写三天，第一天可能就写成，第二天、第三天加工修改，把那些陈词滥调和废话都删掉。这样做是否会使色彩不鲜明呢？不，可能更鲜明些。文字不怕朴实，朴实也会生动，也会有色彩。齐白石先生画的小鸡，虽只那么几笔，但墨分五彩，能使人看出来许多颜色。写作时堆砌形容词不好。语言的创造，是用普通的文字巧妙地安排起来的，不要硬造字句，如“他们在思谋……”，“思谋”不常用，不如用“思索”倒好些，既现成也易懂。宁可写得老实些，也别生造。

文学是语言的艺术，我们是语言的运用者，要想办法把“话”说好，不光是要注意“说什么”，而要注意“怎么说”。注意“怎么说”才能表现出自己的语言风格。各人的“说法”不同，各人的风格也就不一样。“怎么说”是思考的结果，侯宝林的相声之所以逗人笑，并不只因为他的嘴有功夫，而且因为他的想法合乎笑的规律。写东西一定要善于运用文字，苦苦思索，要让人家看见你的思想风貌。

用什么语言好呢？过去我很喜欢用方言，《龙须沟》里就有许多北京方言。在北京演出还好，观众能懂，但到了广州就不行了，广州没有这种方言，连翻译也没法翻译。这次写《女店员》我就注意用普通话。推广普通话，文学工作者都有责任。用一些富有表现力的方言，加强乡土气息，不是不可以，但不要贪多；没多少意思的、不易看懂的方言，干脆去掉为是。

小说中人物对话很重要。对话是人物性格的索隐，也就是什么样的人说什么样的话。一个人物的性格掌握住了，再看他在什么时间、什么地点，就可以琢磨出他将会说什么与怎么说。写对话的目的是为了使人物性格更鲜明，而不只是为了交代情节。《红楼梦》的对话写得很好，通过对话可以使人看见活生生的人物。

关于文字表现技巧，不要光从一方面来练习，一棵树吊死人，要多方面练习。一篇小说写完后，可试着再把它写成话剧（当然不一定发表），这会有好处的。话剧主要是以对话来表达故事情节，展示人物性格，每句话都要求很精练，很有作用。我们也应当学学写诗，旧体诗也可以学学，不摸摸旧体诗，就没法摸到中国语言的特点和奥妙。这当然不是要大家去写旧体诗词，而是说要学习我们民族语言的特色，学会表现、运用语言的本领，使作品中的文字千锤百炼，经得起推敲，这是要下一番苦功夫的。

写东西一定要求精练、含蓄。俗话说："宁吃鲜桃一口，不吃烂桃一筐。"这话是很值得深思的。不要使人家读了作品以后，有"吃腻了"的感觉，要给人留出回味的余地，让人看了觉得：这两口还不错呀！我们现在有不少作品不含蓄，直来直去，什么都说尽了，没有余味可嚼。过去我接触过很多拳师，也曾跟他们学过两手，材料很多，可是不能把这些都写上。我就拣最精彩的一段来写：有一个老先生枪法很好，最拿手的是“断魂枪”，这是几辈祖传的。外地有个老人学的枪法不少，就不会他这一套，于是千里迢迢来求教枪法，可是他不教，说了很多好话，还是不行。老人就走了，他见那老人走后，就把门锁起来，把自己关在院内，一个人练他那套枪法。写到这里，我只写了两个字“不传”，就结束了。还有很多东西没说，让读者去想。想什么呢？就让他们想想小说的“底”——许多好技术，就因个人的保守而失传了。

小说的“底”，在写之前你就要找到。有些作者还没想好“底”就写，往往写到一半就写不下去，结果只好放弃了。光想开头，不想结尾，不知道“底”落在哪里，是很难写好的。“底”往往在结尾时才表现出来，“底”也可以说是你写这小说的目的。如果你一上来把什么都讲了，那就露了“底”。比如，前面所说的学枪法的故事，就叫你想想由于这类的“不传”，我们祖国从古到今有多少宝贵的遗产都被埋葬掉啦！写相声最怕没有“底”，没有“底”就下不了台，有了“底”，就知道怎么安排了。

小说所要表达的东西是多种多样的。由于我国社会主义建设的需要，当前着重于写建设，这是正确的。当然，也可以写其他方面的生活。在写作时，若只凭有过这么回事，凑合着写下来，就不容易写好；光知道一个故事，而不知道与这故事有关的社会生活，也很难写好。

小说的形式也是多种多样的，有书信体、日记体，还有……资本主义国家有些作品只描写一种情调，可是写得那么抒情，那么有色彩，能给人以艺术上的欣赏。这种作品虽然没有什么教育意义，我们不一定去学，但多看一看，也有好处。现在我们讲“百花齐放”，我看放得不够的原因之一，就是知道得不多，特别是对世界名著和我国的优秀传统知道得不多。

生活知识也是一样，越博越好，了解得越深越透彻越好。因此，对生活要多体验，多观察，培养多方面的兴趣，尽可能去多接触一些事物。就是花木鸟兽、油盐酱醋也都应注意一下，什么时候用着它很难预料，但知道多了，用起来就很方便。在生活中看到的随时记下来，看一点，记一点，日积月累，日后大有用处。在表现形式上不要落旧套，要大胆创造，因为生活是千变万化的，不能按老套子来写。任何一种文学艺术形式一旦一成不变，便会衰落下去。因此，我们要想各种各样的法子冲破旧套子，这就要敢想、敢说、敢干。五四时期打破了旧体诗、文言文的格式，这是个了不起的文化革命！文学艺术，要不断革新，一定要创造出新东西、新的样式。如果大家都写得一样，那还互相交流什么？正因为各有不同，才互相观摩，取长补短，共同提高。新创造的东西，可能有些人看着不大习惯，但大家可以辩论呀！希望大家在文学形式上能有所突破，有新的创造！

言语与风格[①]

小说是用散文写的，所以应当力求自然。诗中的装饰用在散文里不一定有好结果，因为诗中的文字和思想同是创造的，而散文的责任则在运用现成的言语把意思正确地传达出来。诗中的言语也是创造的，有时候把一个字放在那里，并无多少意思，而有些说不出来的美妙。散文不能这样，也不必这样。自然，假若我们高兴的话，我们很可以把小说中的每一段都写成一首散文诗。但是，文字之美不是小说的唯一责任。专在修辞上讨好，有时倒误了正事。本此理，我们来讨论下面的几点：

① 原载《宇宙风》第三十一期，一九三六年十二月十六日。

（一）用字：佛罗贝[①]说，每个字只有一个恰当的形容词。这在一方面是说选字须极谨慎，在另一方面似乎是说散文不能像诗中那样创造言语，所以我们须去找到那最自然最恰当最现成的字。在小说中，我们可以这样说，用字与其俏皮，不如正确；与其正确，不如生动。小说是要绘色绘声地写出来，故必须生动。借用一些诗中的装饰，适足以显出小气呆死[②]，如蒙旦[③]所言："在衣冠上，如以一些特别的、异常的式样以自别，是小气的表示。言语也如是，假若出于一种学究的或儿气的志愿而专去找那新词与奇字。"青年人穿戴起古代衣冠，适见其丑。我们应以佛罗贝的话当作找字的应有的努力，而以蒙旦的话为原则——努力去找现成的活字。在活字中求变化，求生动，文字自会活跃。

---

① 福楼拜，即居斯塔夫·福楼拜（一八二一～一八八〇），法国著名作家，代表作有《包法利夫人》等。

② 意为呆板、死板。

③ 蒙田，即米歇尔·德·蒙田（一五三三～一五九二），文艺复兴时期法国著名思想家、作家，代表作有《随笔集》三卷。

（二）比喻：约翰孙博士说："司微夫特[①]这个家伙永远不随便用个比喻。"这是句赞美的话。散文要清楚利落地叙述，不仗着多少"我好比"叫好。比喻在诗中是很重要的，但在散文中用得过多便失了叙述的力量与自然。看《红楼梦》中描写黛玉："两弯似蹙非蹙罥烟眉，一双似喜非喜含情目。态生两靥之愁，娇袭一身之病。泪光点点，娇喘微微。娴静似娇花照水，行动如弱柳扶风。心较比干多一窍，病如西子胜三分。"这段形容犯了两个毛病：第一是用诗语破坏了描写的能力；念起来确有诗意，但是到底有肯定的描写没有？在诗中，像"泪光点点"，与"娴静似娇花照水"一路的句子是有效力的，因为诗中可以抽出一时间的印象为长时间的形容：有的时候她泪光点点，便可以用之来表现她一生的状态。在小说中，这种办法似欠妥当，因为我们要真实地表现，便非从一个人的各方面与各种情态下表现不可。她没有不泪光点点的时候

① 斯威夫特，即乔纳森·斯威夫特（一六六七～一七四五），爱尔兰著名小说家、政论家、讽刺文学大师。其作品长于讽刺幽默，有浓烈的批判现实主义风格，代表作有《格列佛游记》《一只桶的故事》等。

吗？她没有闹气而不娴静的时候吗？第二，这一段全是修辞，未能由现成的言语中找出恰能形容出黛玉的字来。一个字只有一个形容词，我们应再给补充上：找不到这个形容词便不用也好。假若不适当的形容词应当省去，比喻就更不用说了。没有比一个精到的比喻更能给予深刻的印象的，也没有比一个可有可无的比喻更累赘的。我们不要去费力而不讨好。

比喻由表现的能力上说，可以分为表露的与装饰的。散文中宜用表露的——用个具体的比方，或者说得能更明白一些，庄子最擅用这个方法，像庖丁以解牛喻见道便是一例，把抽象的哲理作成具体的比拟，深入浅出地把道理讲明。小说原是以具体的事实表现一些哲理，这自然是应有的手段。凡是可以拿事实或行动表现出的，便不宜整本大套地去讲道说教。至于装饰的比喻，在小说中是可以免去便免去的。散文并不能因为有些诗的装饰便有诗意。能直写，便直写，不必用比喻。比喻是不得已的办法。不错，比喻能把印象扩大增深，用两样东西的力量来揭发一件东西的形态或性质，使读者心中多了一些图像：人的娴静如娇花照水，我们心中便于人之外，又加了池畔娇花的一个可爱的景色。但是，真正有描写能力的不完全靠着这个，他能找到很好的比喻，也能直接地捉到事物的精髓，一语道破，不假装饰。比如说形容一只癞蛤蟆，而说它“谦卑地工作着”，便道尽了它的生活姿态，很足以使我们落下泪来：一个益虫，只因面貌丑陋，总被人看不起。这个，用不着什么比喻，更用不着装饰。我们本可以用勤苦的丑妇来形容它，但是用不着；这种直写法比什么也来得大方，有力量。至于说它丑若无盐，毫无曲线美，就更用不着了。

（三）句：短句足以表现迅速的动作，长句则善表现缠绵的情调。那最短的以一二字作成的句子足以助成戏剧的效果。自然，独立的一语有时不足以传达一完整的意念，但此一语的构成与所欲给予的效果是完全的，造句时应注意此点；设若句子的构造不能独立，即是失败。以律动言，没有单句的音节不响而能使全段的律动美好的。每句应有它独立的价值，为造句的第一步。及至写成一段，当看那全段的律动如何，而增减各句的长短。说一件动作多而急速的事，句子必须多半短悍，一句完成一个动作，而后才能见出继续不断而又变化多端的情形。试看《水浒传》里的“血溅鸳鸯楼”：

> 武松道：“一不做，二不休！杀了一百个也只一死！”提了刀，下楼来。夫人问道：“楼上怎地大惊小怪？”武松抢到房前。夫人见条大汉入来，兀自问道：“是谁？”武松的刀早飞起，劈面门剁着，倒在房前声唤。武松按住，将去割头时，刀切不入。武松心疑，就月光下看那刀时，已自都砍缺了。武松道：“可知割不下头来！”便抽身去厨房下拿取朴刀，丢了缺刀，翻身再入楼下来……

这一段有多少动作？动作与动作之间相隔多少时间？设若都用长句，怎能表现得这样急速火炽呢！短句的效用如是，长句的效用自会想得出的。造句和选字一样，不是依着它们的本身的好坏定去取，而是应当就着所要表现的动作去决定。在一般的叙述中，长短相间总是有意思的，因它们足以使音节有变化，且使读者有缓一缓气的地方。

短句太多，设无相当的事实与动作，便嫌紧促；长句太多，无论是说什么，总使人的注意力太吃苦，而且声调也缺乏抑扬之致。

在我们的言语中，既没有关系代名词，自然很难造出平匀美好的复句来。我们须记住这个，否则一味地把有关系代名词的短句全变成很长很长的形容词，一句中不知有多少个“的”，使人没法读下去了。在作翻译的时候，或者不得不如此；创作既是要尽量地发挥本国语言之美，便不应借用外国句法而把文字弄得不自然了。“自然”是最要紧的。写出来而不能读的便是不自然。打算要自然，第一要维持言语本来的美点，不作无谓的革新；第二不要多说废话及用套话，这是不作无聊的装饰。

写完几句，高声地读一遍，是最有益处的事。

（四）节段：一节是一句的扩大。在散文中，有时非一气读下七八句去不能得个清楚的观念。分节的功用，那么，就是在叙述程序中指明思路的变化。思想设若能有形体，节段便是那个形体。分段清楚、合适，对于思想的明晰是大有帮助的。

在小说里，分节是比较容易的，因为既是叙述事实与行动，事实与行动本身便有起落首尾。难处是在一节的律动能否帮助这一段事实与行动，恰当地、生动地使文字与所叙述的相得益彰，如有声电影中的配乐。严重[①]的一段事实，而用了轻飘的一段文字，便是失败。一段文字的律动音节是能代事实道出感情的，如音乐然。

（五）对话：对话是小说中最自然的部分。在描写风景人物时，我们还可以有时候用些生字或造些复杂的句子；对话用不着这些。对话必须用日常生活中的言语；这是个怎样说的问题，要把顶平凡的话调动得生动有力。我们应当与小说中的人物十分熟识，要说什么必与时机相合，怎样说必与人格相合。顶聪明的句子用在不适当的时节，或出于不相合的人物口中，便是作者自己说话。顶普

① 意为郑重、庄重。

通的句子用在合适的地方，便足以显露出人格来。什么人说什么话，什么时候说什么话，是最应注意的。老看着你的人物，记住他们的性格，好使他们有他们自己的话。学生说学生的话，先生说先生的话，什么样的学生与先生又说什么样的话。看着他的环境与动作，他在哪里和干些什么，好使他在某时某地说什么。对话是小说中许多图像的联接物，不是演说。对话不只是小说中应有这么一项而已，而且要在谈话里发出文学的效果；不仅要过得去，还要真实，对典型真实，对个人真实。

一般地说，对话须简短。一个人滔滔不绝地说，总缺乏戏剧的力量。即使非长篇大论的独唱不可，亦须以说话的神气、手势及听者的神色等来调剂，使不至冗长沉闷。一个人说话，即使很长，另一人时时插话或发问，也足以使人感到真像听着二人谈话，不至于像听留声机片。答话不必一定直答所问，或旁引，或反诘，都能使谈话略有变化。心中有事的人往往所答非所问，急于道出自己的忧虑，或不及说完一语而为感情所阻断。总之，对话须力求像日常谈话，于谈话中露出感情，不可一问一答，平板如文明戏[①]的对口。

善于运用对话的，能将不必要的事在谈话中附带说出，不必另行叙述。这样往往比另作详细陈述更有力量，而且经济。形容一段事，能一半叙述，一半用对话说出，就显着有变化。譬若甲托乙去办一件事，乙办了之后，来对甲报告，反比另写乙办事的经过较为有力。事情由口中说出，能给事实一些强烈的感情与色彩。能利用这个，则可以免去许多无意味的描写，而且老教谈话有事实上的根据——要不说空话，必须使事实成为对话资料的一部分。

风格：风格是什么？暂且不提。小说当具怎样的风格？也很难规定。我们只提出几点，作为一般的参考：

（一）无论说什么，必须真诚，不许为炫弄学问而说。典故与学识往往是文字的累赘。

① 又称新剧，为中国早期话剧。二十世纪初曾在上海一带流行，演出时无正式剧本，多采用幕表制，可即兴发挥。

（二）晦涩是致命伤，小说的文字须于清浅中取得描写的力量。Meredith（梅雷迪思）每每写出使人难解的句子，虽然他的天才在别的方面足以补救这个毛病，但究竟不是最好的办法。

（三）风格不是由字句的堆砌而来的，它是心灵的音乐。叔本华说："形容词是名词的仇敌。"是的，好的文字是由心中炼制出来的；多用些泛泛的形容字或生僻字去敷衍，不会有美好的风格。

（四）风格的有无是绝对的，所以不应去模仿别人。风格与其说是文字的特异，还不如说是思想的力量。思想清楚，才能有清楚的文字。逐字逐句地去摹写，只学了文字，而没有思想作基础，当然不会讨好。先求清楚，想得周密，写得明白；能清楚而天才不足以创出特异的风格，仍不失为清楚；不能清楚，便一切无望。

叶圣陶

谈叙事[①]

照理说，凭着可见可知的事物说话作文，只要你认得清楚，辨得明白，说来写来该不会有错。

所谓可见可知的事物是已经存在的，或是已经发生的。好比一件东西摆在你面前，不用你自己创造出什么东西，可说可写的全在它自己身上。

虽说事物摆在面前，但是不一定就说得成、写得成。“事物”两字是总称，分开来成两项：一项是经历一段时间的“事”，一项是占据一块空间的“物”。要把“事”与“物”化为语言文字说出来写出来，使人家闻而可知，

① 原载《中学生》第一七七期，一九四六年七月一日。

见而可晓，说话作文的人先得下“化”的功夫。如果“化”不来或者“化”不好，虽然事物摆在面前，现成不过，还是说不成写不成。

把经历一段时间的“事”化为语言文字，通常叫作叙事，这功夫并不艰难。语言文字从头一句到末了一句也经历一段时间，经历一段时间就有个先后次序，这个先后次序如果按照着“事”的先后次序，这就“化”过来了。

叙事的语言文字怎样才算好，起码的条件是使人家明白那“事”的先后次序。在先的先说先写，在后的后说后写，固然可以使人家明白；尤其要紧的，对于表明时间的语句一毫不可马虎。如果漏说漏写了，或者说得含糊，写得游移，就叫听的人看的人迷糊了。这儿不举例，请读者自己找几篇叙事文字来看，看那几篇文字怎样点明先后次序，怎样运用表明时间的语句。

按照“事”的先后次序叙事，那是常规。为着需要，有时候常规不能适用。譬如，叙事叙到某一个阶段，必须追叙从前的事方始明白。又如，一件事头绪纷繁，两方面、三方面同时在那里进展，必须把几方面一一叙明。遇到这种情形，就不能死守着按照先后次序了。试举个例子（从茅盾所译的《人民是不朽的》录出）：

马利亚·铁木菲也芙娜·乞列特尼成科，师委员的母亲，七十岁的黑脸的女人，准备离开她的故乡。邻人邀她在白天和他们同走，但是马利亚·铁木菲也芙娜正在烘烤那路上用的面包，要到晚上才能烤好。集体农场的主席却是预定次日一早走的，马利亚就决定和他同走。

若照次序先后叙下去，以下就该叙马利亚当夜怎样准备，次日怎样动身。但是读者还不知道马利亚带谁同走，她的以往经历怎么样，她舍不得离开故乡的心情怎么样。这些都有叙明的需要，于是非追叙不可了：

她的十一岁的孙子辽尼亚本来在基辅读书，战争爆发前三星期学校放假，辽尼亚从基辅来看望祖母，

> 现在还没回去。开战以后，马利亚就得不到儿子的消息，现在决定带了孙子到喀山去，投奔她的儿媳妇的一个亲戚，儿媳妇是早三年就故世了。

辽尼亚回来看望马利亚，马利亚得不到儿子的消息，儿媳妇已经故世，都是马利亚准备离开故乡以前的事。请注意“现在还没回去”“现在决定带了孙子到喀山去”“儿媳妇是早三年就故世了”这些语句。如果不用这些语句表明时间，非但次序先后搞不清楚，连事情的本身也弄不明白。以下叙马利亚到基辅去的情形：

> 从前，她的儿子常常请她到基辅和他同住在那大的公寓里……

叙她怎样在基辅各处游览，怎样因为儿子受到人们的尊敬。请注意“从前”两字，明明标明那是追叙。随后是：

> 一九四〇那一年，马利亚·铁木菲也芙娜生了

一场病，不曾到儿子那里去。但在七月，儿子随军演习，顺路到母亲这里住了两天。这一次，儿子又请母亲搬到基辅去住……

于是在父亲的坟园里，母亲对儿子说了如下的话：

“你想想，我能够离开这里吗？我打算老死在这里了。你原谅我吧，我的儿。”

这里见出她是万万舍不得离开故乡的。请注意“一九四〇那一年”和“这一次”，也明明标明那是追叙。接下去是：

而现在，她准备离开她这故乡了。动身的前夕，她去拜访她所熟识的一位老太太。辽尼亚和她一同去……

直到这里，在时间先后上才接上那头一节。其间追叙的部分计有七百字光景。那“而现在”三字仿佛一个符号，表示追叙的那部分已经完毕，直接头一节的叙写从此开始。现在再举个例子（从《水浒》武松打虎那一回录出）：

……跳出一只吊睛白额大虫来。武松见了，叫声："啊呀！"从青石上翻将下来，便拿那条哨棒在手里，闪在青石边。那大虫又饥又渴，把两只爪在地下略按一按，和身望[①]上一扑，从半空里撺将下来。武松被那一惊，酒都做冷汗出了。说时迟，那时快，武松见大虫扑来，只一闪，闪在大虫背后。那大虫背后看人最难，便把前爪搭在地下，把腰胯一掀，掀将起来。武松只一闪，闪在一边。大虫见掀他不着，吼一声，却似半天里起个霹雳，震得那山岗也动，把这铁棒也似虎尾倒竖起来，只一剪，武松却又闪在一边。

这里大虫的一扑和武松的第一个一闪同时，大虫的一掀和武松的第二个一闪同时，大虫的一剪和武松的第三个

① 同"往"。

一闪同时。同时发生的事情不能同时说出写出，自然只得叙了大虫又叙武松。单就大虫方面顺次叙，或是单就武松方面顺次叙，都无法叙明。叙述头绪纷繁的事情，也只该如此。

以上说的不是什么人为的作文方法，实在是说话想心思的自然规律。世间如果有所谓作文方法，也不过顺着说话想心思的自然规律加以说明而已。

人物描写[①]

人物描写可以分外面、内面两部分来说。外面指见于外的一切而言，内面指不可见的心理状态而言。

外面描写包含着状貌、服装、表情、动作、言语、行为、事业等的描写。我们在写一篇描写人物的文章的时候，对于这许多项目绝不能漫无选择，把所有见到的都写了进去。我们总得拣印象最深的来写。状貌方面的某几点是其人的特点；服装方面的某几点足以表示其人的风度；在某一种情境中，哪一些表情和动作、哪几句言语正显出其人的品格；在一段或者全部生活中，哪一些行为和事业

① 选自夏丏尊、叶圣陶合编《国文百八课》第二册，上海：开明书局，一九三五年六月。

足以代表其人的生平。捉住了这些写出来，就不是和甲和乙都差不多的一个人，而是活泼生动的某一个人了。

这些项目不一定要全写，没有什么可写当然不写，有可写而不很重要，也就可写可不写。有一些文章单把某人的几句言语记下，或者单把某人的一些表情和动作捉住，也能够描写出一个活泼生动的人来。如果写到的有许多项目，那么错综地写大概比分开来写来得好。如写表情、动作兼写状貌、服装，写行为、事业兼写言语，读者就不觉得是作者在那里描写，只觉得自己正与文中的主人公对面。如果分开来写，说其人的状貌怎样，服装怎样……读者的这种浑成之感就无从引起，自然会清楚地觉得是作者在那里告诉他一些什么了。

内面描写就是所谓心理描写。心理和表现于外的一切实在是分不开来的：表现于外的一切都根源于内面的心理。他人内面的心理无从知道，我们只能知道自己内面的心理。但我们可以从自身省察，知道内面和外面的关系。根据这一点，我们看了他人的外面，也就可以推知他的内面。那些用第三人称的文章，描写甲的心理怎样，乙的心理怎样，甲和乙真个把自己的心理告诉过作者吗？并没有的，也不过作者从自身省察，因而推知甲和乙的内面罢了。

人物的心理描写既以作者的自身省察为根据，所以省察功夫欠缺的人难得有很好的心理描写。省察的时候能像生物学者解剖生物一般，把某一种心理过程分析清楚，知道它的因果和关键，然后具体地写出来（描写总须要具体，前面已经说过了），那一定是水平线以上的心理描写。

心理描写有时候就借用外面描写；换一句说，就是单就文字看，固然是外面描写，但仔细吟味起来，那些外面描写即所以描写其人的心理。如《背影》里的“扑扑衣上的泥土，心里很轻松似的。过一会说：‘我走了，到那边来信！’……他走了几步，回过头看见我，说：‘进去吧，里边没人’”，就是一个例子。这几句都是外面描写，可是把一位父亲舍不得和儿子分别的心理完全描写出来了。

谈文章的修改[①]

有人说，写文章只该顺其自然，不要在一字一语的小节上太多留意。只要通体看来没有错，即使带着些小毛病也没关系。如果留意了那些小节，医治了那些小毛病，那就像个规矩人似的，四平八稳，无可非议，然而也只成个规矩人，缺乏活力，少有生气。文章的活力和生气全仗信笔挥洒，没有拘忌[②]，才能表现出来。你下笔，多所拘忌，就把这些东西赶得一干二净了。

这个话当然有道理，可是不能一概而论。至少学习写作的人不该把这个话作为根据，因而纵容自己，下笔任它

① 原载《中学生》第一七五期，一九四六年五月一日。

② 意为拘束顾忌。

马马虎虎。

写文章就是说话，也就是想心思。思想、语言、文字，三样其实是一样。若说写文章不妨马虎，那就等于说想心思不妨马虎。想心思怎么马虎的？养成了习惯，随时随地都马虎地想，非但自己吃亏，甚至影响到社会，把种种事情弄糟。向来看重“修辞立其诚”，目的不在乎写成什么好文章，却在乎决不马虎地想。想得认真，是一层。运用相当的语言文字，把那想得认真的心思表达出来，又是一层。两层功夫合起来，就叫作“修辞立其诚”。

学习写作的人应该记住，学习写作不单是在空白的稿纸上涂上一些字句，重要的还在乎学习思想。那些把小节小毛病看得无关紧要的人大概写文章已经有了把握，也就是说，想心思已经有了训练，偶尔疏忽一点，也不至于出什么大错。学习写作的人可不能与他们相比。正在学习思想，怎么能稍有疏忽？把那思想表达出来，正靠着一个字都不乱用，一句话都不乱说，怎么能不留意一字一语的小节？一字一语的错误就表示你的思想没有想好，或者虽然想好了，可是偷懒，没有找着那相当的语言文字：这样说来，其实也不能称为“小节”。说毛病也一样，毛病就是毛病，语言文字上的毛病就是思想上的毛病，无所谓“小毛病”。

修改文章不是什么雕虫小技，其实就是修改思想，要它想得更正确，更完美。想对了，写对了，才可以一字不易。光是个一字不易，那不值得夸耀。翻开手头一本杂志，看见这样的话：“上海的住旅馆确是一件很困难的事，廉价的房间更难找到，高贵的比较容易，我们不敢问津的。”什么叫作“上海的住旅馆”？就字面看，表明住旅馆这件事属于上海。可是上海是一处地方，绝不会有住旅馆的事，住旅馆的原来是人。从此可见这个话不是想错就是写错。如果这样想：“在上海，住旅馆确是一件很困难的事”，那就想对了。把想对的照样写下来：“在上海，住旅馆确是一件很困难的事”，那就写对了。不要说加上个“在”字去掉个“的”字没有多大关系，只凭一个字的增减，就把错的改成对的了。推广开来，几句几行甚至整篇的修改也无非要把错的改成对的，或者把差一些的改得更正确，更完美。这样的修改，除了不相信“修辞立其诚”的人，谁还肯放过？

思想不能空无依傍，思想依傍语言。思想是脑子里在说话——说那不出声的话，如果说出来，就是语言，如果写出来，就是文字。朦胧的思想是零零碎碎、不成片段的语言，清明的思想是有条有理、组织完密的语言。常有人说，心中有个很好的思想，只是说不出来，写不出来。又有人说，起初觉得那思想很好，待说了出来，写了出来，却变了样儿，完全不是那回事了。其实他们所谓很好的思想还只是朦胧的思想，就语言方面说，还只是零零碎碎、不成片段的语言，怎么说得出来，写得出来？勉强说了写了，又怎么能使自己满意？那些说出来写出来有条有理、组织完密的文章，原来在脑子里已经是有条有理、组织完密的语言——也就是清明的思想了。说他说得好写得好，不如说他想得好尤其贴切。

因为思想依傍语言，一个人的语言习惯不能不求其好。坏的语言习惯会牵累了思想，同时牵累了说出来的语言、写出来的文字。举个最浅显的例子，有些人把“的时候”用在一切提冒[①]的场合，如谈到物价，就说“物价的时候，目前恐怕难以平抑”，谈到马歇尔，就说“马歇尔的时候，他未必真个能成功吧”。试问这成什么思想，什么语言，什么文字？那毛病就在于沾染了坏的语言习惯，滥用了“的时候”三字。语言习惯好，思想就有了好的依傍，好到极点，写出来的文字就可以一字不易。我们普通人难免有些坏的语言习惯，只是不自觉察，在文章中带了出来。修改的时候加一番检查，如有发现就可以改掉。这又是主张修改的一个理由。

① 方言，指开头、起头。

汪曾祺

小说笔谈[①]

语言

在西单听见交通安全宣传车播出："横穿马路不要低头猛跑"，我觉得这是很好的语言。在校尉营一派出所外宣传夏令卫生的墙报上看到一句话："残菜剩饭必须回锅见开再吃"，我觉得这也是很好的语言。这样的语言真是可以悬之国门，不能增减一字。

语言的目的是使人一看就明白，一听就记住。语言的唯一标准，是准确。

① 原载《天津日报·文艺》一九八二年第一期。初收《晚翠文谈》，杭州：浙江文艺出版社，一九八八年三月。

北京的店铺，过去都用八个字标明其特点。有的刻在匾上，有的用黑漆漆在店面两旁的粉墙上，都非常贴切。“尘飞白雪，品重红绫”，这是点心铺。“味珍鸡蹠，香渍豚蹄”，是桂香村。煤铺的门额上写着“乌金墨玉，石火光恒”，很美。八面槽有一家“老娘”（接生婆）的门口写的是“轻车快马，吉祥姥姥”，这是诗。

店铺的告白，往往写得非常醒目。如“照配钥匙，立等可取”。在西四看见一家，门口写着“出售新藤椅，修理旧棕床”，很好。过去的澡堂，一进门就看见四个大字：“各照衣帽”，真是简到不能再简。

《世说新语》全书的语言都很讲究。

同样的话，这样说，那样说，多几个字，少几个字，味道便不同。张岱记他的一个亲戚的话：“你张氏兄弟真是奇。肉只是吃，不知好吃不好吃；酒只是不吃，不知会吃不会吃。”有一个人把这几句话略改了几个字，张岱便斥之为“伧父[1]”。

一个写小说的人得训练自己的“语感”。

要辨别得出，什么语言是无味的。

结构

戏剧的结构像建筑，小说的结构像树。

戏剧的结构是比较外在的、理智的。写戏总要有介绍人物、矛盾冲突、高潮（写戏一般都要先有提纲，并且要经过讨论），多少是强迫读者（观众）接受这些东西的。戏剧是愚弄。

小说不是这样。一棵树是不会事先想到怎样长一个枝子、一片叶子，再长的。它就是这样长出来了。然而这一

① 意为鄙贱之人、粗俗之人。

个枝子，这一片叶子，这样长，又都是有道理的。从来没有两个树枝、两片树叶是长在一个空间的。

小说的结构是更内在的，更自然的。

我想用另外一个概念代替“结构”——节奏。

中国过去讲“文气”，很有道理。什么是“文气”？我以为是内在的节奏。“血脉流通”“气韵生动”，说得都很好。

小说的结构是更精细，更复杂，更无迹可求的。

苏东坡说：“但常行于所当行，止于所不可不止”，说的是结构。

章太炎《菿汉微言》论汪容甫的骈体文，“起止自在，无首尾呼应之式”。写小说者，正当如此。

小说的结构的特点，是：随便。

叙事与抒情

现在的年轻人写小说是有点爱发议论。夹叙夹议，或者离开故事单独抒情。这种议论和抒情有时是可有可无的。

法郎士[①]专爱在小说里发议论。他的一些小说是以议论为主的，故事无关重要。他不过借一个故事多发表一通牵涉到某一方面的社会问题的大议论。但是法郎士的议论很精彩，很警辟，很深刻。法郎士是哲学家，我们不是。我们发不出很高深的议论。因此，不宜多发。

倾向性不要特别地说出。

① 法朗士，即阿纳托尔·法朗士（一八四四～一九二四），法国著名作家、文学评论家、社会活动家，一九二一年诺贝尔文学奖获得者，代表作有《金色诗篇》《波纳尔之罪》。

一件事可以这样叙述，也可以那样叙述。怎样叙述，都有倾向性。可以是超然的、客观的、尖刻的、嘲讽的（比如鲁迅的《肥皂》《高老夫子》），也可以是寄予深切的、同情的（比如《祝福》《伤逝》）。

董解元《西厢记》写张生和莺莺分别："马儿登程，坐车儿归舍；马儿往西行，坐车儿往东拽：两口儿一步儿离得远如一步也！"这是叙事。但这里流露出董解元对张生和莺莺的恋爱的态度，充满了感情。"一步儿离得远如一步也"，何等痛切。作者如无深情，便不能写得如此痛切。

在叙事中抒情，用抒情的笔触叙事。

怎样表现倾向性？中国的古话说得好：字里行间。

悠闲和精细

写小说就是要把一件平平淡淡的事说得很有情致（世

界上哪有许多惊心动魄的事呢）。同样一件事，一个人可以说得娓娓动听，使人如同身临其境；另一个人也许说得索然无味。

《董西厢》是用韵文写的，但是你简直感觉不出是押了韵的。董解元把韵文运用得如此熟练，比用散文还要流畅自如，细致入微，神情毕肖。

写张生问店二哥蒲州有什么可以散心处，店二哥介绍了普救寺：

> 店都知，说一和，道："国家修造了数载余过，其间盖造的非小可，想天宫上光景，赛他不过。说谎后，小人图什么？普天之下，更没两座。"张生当时听说后，道："譬如闲走，与你看去则箇。"

张生与店二哥的对话，语气神情，都非常贴切。"说谎后，小人图什么"，活脱是一个二哥的口吻。

写张生游览了普救寺，前面铺叙了许多景物，最后写：

> 张生觑了，失声地道："果然好！"频频地稽首。欲待问是何年建，见梁文上明写着："垂拱二年修。"

这真是神来之笔。"垂拱二年修"，"修"字押得非常稳。这一句把张生的思想活动、神情、动态，全写出来了。——换一个写法就可能很呆板。

要把一件事说得有滋有味，得要慢慢地说，不能着急，这样才能体察人情物理，审词定气，从而提神醒脑，引人入胜。急于要告诉人一件什么事，还想告诉人这件事当中包含的道理，面红耳赤，是不会使人留下印象的。

张岱记柳敬亭说武松打虎，武松到酒店里，蓦[①]地一

① 据张岱《陶庵梦忆》，"蓦"应为"彗"，因痛而呼叫之声。

声，店中的空酒坛都嗡嗡作响，说他“闲中着色，精细[1]至此”。

唯悠闲才能精细。

不要着急。

董解元《西厢记》与其说是戏曲，不如说是小说。人民文学出版社出版的《董西厢》的“前言”里说：“它的组织形式和它采取的艺术手法，为后来的戏曲、小说开阔了蹊径”，是很有见识的话。从小说的角度来看，《董西厢》的许多细致处远胜于许多话本。它的许多方法，到现在对我们还有用，看起来还很“新”。

风格和时尚

齐白石在他的一本画集的前面题了四句诗：“冷艳如

① 据张岱《陶庵梦忆》，“精细”应为“细微”。

雪筒，来京不值钱。此翁无肝胆，空负一千年。”他后来创出了红花黑叶一派，他的画被买主——首先是那些壁悬名人字画的大饭庄所接受了。

于非闇开始的画也是吴昌硕式的大写意的。后来张大千告诉他：“现在画吴昌硕式的人这样多，你几时才能出头？”他建议于非闇改画院体的工笔画。于非闇于是改画勾勒重彩。于非闇的画也被北京的市民接受了。

扬州八怪的知音是当时的盐商。

我不以为盐商是不懂艺术的。

艺术是要卖钱的，是要被人们欣赏、接受的。

红花黑叶、勾勒重彩、扬州八怪，一时成为风尚。实际上决定一时风尚的是买主。画家的风格不能脱离欣赏者的趣味太远。

小说也是这样。就是像卡夫卡那样的作家，如果他的小说没有一个人欣赏，他的作品是不会存在的。

但是一个作家的风格总得走在时尚前面一点，他的风格才有可能转而成为时尚。

追随时尚的作家，就会为时尚所抛弃。

谈散文[①]

中国散文，浩如烟海。

先秦诸子，都能文章。《子路曾皙冉有公西华侍坐章》从容潇洒。孟子滔滔不绝。庄子汪洋恣肆。都足为后人取法。

中国自来文史不分。史书也都是文学。司马迁叙事写人，清楚生动。他的作品是孤愤之书，有感而发，为了得到同情，故写得朴朴实实。六朝重人物品藻，寥寥数语，

① 原载《中国青年报》，一九九七年九月二十一日，题目为该报编者所加。本文为《午夜散文随笔书系》系列丛书（钱理群等著，河北人民出版社，一九九七年版）的总序节选。初收《汪曾祺全集》第六卷，北京：北京师范大学出版社，一九九八年八月。

皆具风神。《史记》《世说新语》影响深远，唐宋人大都不能出其樊篱。姚鼐推崇归有光，归文实本《史记》。

中国游记能状难写之情如在目前。郦道元《水经注》写三峡，将一大境界纳为数语，真是大手笔。柳宗元《至小丘西小石潭记》以鱼之动态写水之清幽，此法为后之写游记者所沿用，例不胜举。

韩愈文章，誉毁不一，我也不喜欢他的文章所讲的道理，但是他的文章有一特点：注重文学的耳感，即音乐性。“国子先生，晨入太学，招诸生，立馆下，诲之曰……”读来朗朗上口。“上口”是中国散文的一个特点。过去学文章都要打起调子来半吟半唱，这样才能将声音深入记忆，是很有道理的。

中国文化有断裂。有人以为五四是一个断裂，有人不同意，以为五四虽提倡白话文，而文章之道未断，真正的断裂是四十年代。自四十年代至七十年代几乎没有“美文”，只有政论。偶有散文，大都剑拔弩张，盛气凌人，或过度抒情，顾影自怜。这和中国散文的平静冲和的传统是不相合的。

五四以后有不多的翻译过来的外国散文，法国的蒙田、挪威的别伦·别尔生……影响最大的大概要算泰戈尔。但我对泰戈尔和纪伯伦不喜欢。一个人把自己扮成圣人总是叫人讨厌的。我倒喜欢弗吉尼亚·吴尔芙[①]，喜欢那种如云如水、东一句西一句的，既叫人不好捉摸，又不脱离人世生活的意识流的散文。生活本是散散漫漫的，文章也该是散散漫漫的。

文章的雅俗文白一向颇有争议。有人以为越白越好，越俗越好。张奚若[②]先生在当文化部部长时曾讲过推广普通话问题，说“普通话”并不是普普通通的话。话犹如

---

① 弗吉尼亚·伍尔夫（一八八二～一九四一），英国著名女作家、文学批评家和文学理论家，意识流文学代表人物，被誉为二十世纪现代主义与女性主义的先锋，代表作有《达洛维夫人》《到灯塔去》《存在的瞬间》。

② 政治学家、爱国民主人士、教育家，著有《主权论》《社约论考》等。

此，文章就得经过加工，“散文”总是散文，不是说出来的话就是散文，那样就像莫里哀戏中的人物一样，“说了一辈子散文”了。宋人提出以俗为雅。近年有人提出大雅若俗。这主要都是说的文学语言。文学语言总得要把文言和口语糅合起来，浓淡适度，不留痕迹，才有嚼头，不“水”。当代散文是当代人写，写给当代人看的，口语不妨稍多，但是过多地使用口语，甚至大量地掺入市井语言，就会显得油嘴滑舌，如北京人所说的“贫”。我以为语言最好是俗不伤雅，既不掉书袋，也有文化气息。

谈风格[1]

一个人的风格是和他的气质有关系的。布封说过："风格即人。"中国也有"文如其人"的说法。人和人是不一样的。趋舍不同，静躁异趣。杜甫不能为李白的飘逸，李白也不能为杜甫的沉郁。苏东坡的词宜关西大汉执铁绰板唱"大江东去"，柳耆卿的词宜十三四女郎持红牙板唱"今宵酒醒何处，杨柳岸晓风残月"。中国的词可分为豪放与婉约两派。其他文体大体也可以这样划分。不知从什么时候起，因为什么，豪放派占了上风。茅盾同志曾经很感慨地说：现在很少人写婉约的文章了。十年浩劫，没有人提起风格这个词。我在"样板团"工作过。江青规

① 原载《文学月报》一九八四年第六期。初收《晚翠文谈》，杭州：浙江文艺出版社，一九八八年三月。

定：“要写‘大江东去’，不要‘小桥流水’！”我是个只会写“小桥流水”的人，也只好跟着唱了十年空空洞洞的豪言壮语。三中全会以后，我才又重新开始发表小说，我觉得我可以按照我自己的样子写小说了。三中全会以后，文艺形势空前大好的标志之一，是出现了很多不同风格的作品。这一点是“十七年”所不能比拟的。那时作品的风格比较单一。茅盾同志发出感慨，正是在这样的时候。一个人要使自己的作品有风格，要能认识自己、发现自己，并且，应该不客气地说，欣赏自己。“我与我周旋久，宁做我”。一个人很少愿意自己是另外一个人的。一个人不能说自己写得最好，老子天下第一。但是就这个题材，这样的写法，以我为最好，只有我能这样地写。我和我比，我第一！一个随人俯仰、毫无个性的人是不能成为一个作家的。

其次，要形成个人的风格，读和自己气质相近的书。也就是说，读自己喜欢的书、对自己口味的书。我不太主张一个作家有系统地读书。作家应该博学，一般的名著都应该看看。但是作家不是评论家，更不是文学史家。我们不能按照中外文学史循序渐进，一本一本地读那么多书，更不能按照文学史的定论客观地决定自己的爱恶。我主张抓到什么就读什么，读得下去就一连气读一阵，读不下去就抛到一边。屈原的代表作是《离骚》，我直到现在还是比较喜欢《九歌》。李、杜是大家，他们的诗我也读了一些，但是在大学的时候，我有一阵偏爱王维，后来又读了一阵温飞卿、李商隐。诗何必盛唐？我觉得龚自珍的态度很好："我论文章恕中晚，略工感慨是名家。"有一个人说得更为坦率："一种风情吾最爱，六朝人物晚唐诗。"有何不可？一个人的兴趣有时会随年龄、境遇发生变化。我在大学时很看不起元人小令，认为浅薄无聊。后来因为工作关系，读了一些，才发现其中的淋漓沉痛处。巴尔扎克很伟大，可是我就是不能用社会学的观点读他的《人间喜剧》。托尔斯泰的《战争与和平》，我是到近四十岁时，因为成了右派，才在劳动改造的过程中硬着头皮读完了的。孙犁同志说他喜欢屠格涅夫的长篇，不喜欢他的短篇；我则正好相反。我认为都可以。作家读书，允许有偏爱。作家所偏爱的作品往往会影响他的气质，成为他的个性的一部分。契诃夫说过：告诉我你读的是什么书，我就可知道你是一个怎样的人。作家读书，实际上是读另外一个自己所写的作品。法郎士在《生活文学》第一卷的序言里说过：“为了真诚坦白，批评家应该说：‘先生们，关于莎士比亚，关于拉辛，我所讲的就是我自己。’”作家更是这样。一个作家在谈论别的作家时，谈的常常是他自己。“六经注我”，中国的古人早就说过。

一个作家读很多书，但是真正影响到他的风格的，往往只有不多的作家，不多的作品。有人问我受哪些作家影响比较深，我想了想：古人里是归有光，中国现代作家是鲁迅、沈从文、废名，外国作家是契诃夫和阿左林。

我曾经在一次讲话中说到归有光善于以清淡的文笔写平常的人事。这个意思其实古人早就说过。黄梨洲《文案》卷三《张节母叶孺人墓志铭》云：

> 予读震川文之为女妇者，一往情深，每以一二细事见之，使人欲涕。盖古今来事无巨细，唯此可歌可泣之精神，长留天壤。

姚鼐《与陈硕士》尺牍云：

> 归震川能于不要紧之题，说不要紧之语，却自风韵疏淡，此乃是于太史公深有会处，此境又非石士所易到耳。

王锡爵《归公墓志铭》说归文“无意于感人，而欢愉惨恻之思，溢于言表”。连被归有光诋为“庸妄巨子”的王世贞在晚年也说他“不事雕饰而自有风味”（《归太仆赞序》）。这些话都说得非常中肯。归有光的名文有《先妣事略》《项脊轩志》《寒花葬志》等篇。我受到影响的也只是这几篇。归有光在思想上是正统派，我对他的那些谈学论道的大文实在不感兴趣。我曾想：一个思想迂腐的正统派，怎么能写出那样富于人情味的、优美的抒情散文呢？这问题我一直还没有想明白。归有光自称他的文章出于欧阳修。读《泷冈阡表》，可以知道《先妣事略》这样的文章的渊源。但是归有光比欧阳修写得更平易，更自然。他真是做到“无意为文”，写得像谈家常话似的。他的结构“随事曲折”，若无结构。他的语言更接近口语，叙述语言与人物语言衔接处若无痕迹。他的《项脊轩志》的结尾：

> 庭有枇杷树，吾妻死之年所手植也，今已亭亭如盖矣！

平淡中包含几许惨恻，悠然不尽，是中国古文里的一个有名的结尾。使我更为惊奇的是前面的：

> 吾妻归宁，述诸小妹语曰："闻姊家有阁子，且何谓阁子也？"

话没有说完，就写到这里。想来归有光的夫人还要向小妹解释何谓阁子的，然而，不写了。写出了，有何意味？写了半句，而闺阁姊妹之间闲话神情遂如画出。这种照生活那样去写生活，是很值得我们今天写小说时参考的。我觉得归有光是和现代创作方法最能相通，最有现代味儿的一位中国古代作家。我认为他的观察生活和表现生活的方法很有点像契诃夫。我曾说归有光是中国的契诃夫，并非怪论。

中国现代作家的作品我读得比较熟的是鲁迅。我在下放劳动期间曾发愿将鲁迅的小说和散文像金圣叹批《水浒》那样，逐句逐段地加以批注。搞了两篇，因故未竟其事。中国五十年代以前的短篇小说作家不受鲁迅的影响的，几乎没有。近年来研究鲁迅的谈鲁迅的思想的较多，谈艺术技巧的少。现在有些年轻人已经读不懂鲁迅的书，不知鲁迅的作品好在哪里了。看来宣传艺术家鲁迅，还是我们的责任。这一课必须补上。

我是沈从文先生的学生。

废名这个名字现在几乎没有人知道了。国内出版的中国现代文学史没有一本提到他。这实在是一个真正很有特点的作家。他在当时的读者就不是很多，但是他的作品曾经对相当多的三十年代、四十年代的青年作家，至少是北方的青年作家，产生过颇深的影响。这种影响现在看不到了，但是它并未消失。它像一股泉水，在地下流动着。也许有一天，会汩汩地流到地面上来的。他的作品不多，一共写了大概六本小说，都很薄。他后来受了佛教思想的影响，作品中有见道之言，很不好懂。《莫须有先生传》就有点令人莫名其妙，到了《莫须有先生坐飞机以后》就不知所云了。但是他早期的作品，《桥》《枣》《桃园》《竹林的故事》，写得真是很美。他把晚唐诗的超越理性、直写感觉的象征手法移到小说里来了。他用写诗的办法写小说，他的小说实际上是诗。他的小说不注重写人物，也几乎没有故事。《竹林的故事》算是长篇，叫作“故事”，实无故事，只是几个孩子每天生活的记录。他不写故事，写意境。但是他的小说是感人的，使人得到一种不同寻常的感动。因为他对于小儿女是那么富于同情心，他用儿童一样明亮而敏感的眼睛观察周围世界，用儿童一样简单而准确的笔墨来记录。他的小说是天真的，具有天真的美。因为他善于捕捉儿童的飘忽不定的思想和情绪，他运用了意识流。他的意识流是从生活里发现的，不是从外国的理论或作品里搬来的。有人说他的小说很像弗·沃尔芙[①]，他说他没有看过沃尔芙的作品。后来找来看看，自己也觉得果然很像。这是一个很有趣的现象。身在

---

① 弗吉尼亚·伍尔夫。

不同的国度，素无接触，为什么两个作家会找到同样的方法呢？因为他追随流动的意识，因此他的行文也和别人不一样。周作人曾说废名是一个讲究文章之美的小说家。又说他的行文好比一溪流水，遇到一片草叶，都要去抚摸一下，然后又汪汪地向前流去。这说得实在非常好。

我讲了半天废名，你也许会在心里说：你说的是你自己吧？我跟废名不一样（我们的世界观首先不同）。但是我确实受过他的影响，现在还能看得出来。

契诃夫开创了短篇小说的新纪元。他在世界范围内使“小说观”发生了很大的变化，从重情节、编故事发展为写生活，按照生活的样子写生活。从戏剧化的结构发展为散文化的结构。于是才有了真正的短篇小说，现代的短篇小说。托尔斯泰最初很看不惯契诃夫的小说。他说契诃夫是一个很怪的作家，他好像把文字随便地丢来丢去，就成一篇小说了。托尔斯泰的话说得非常好。随便地把文字丢来丢去，这正是现代小说的特点。

“阿左林是古怪的”（这是他自己的一篇小品的题目）。他是一个沉思的、回忆的、静观的作家。他特别擅长描写安静，描写在安静的回忆中人物的心理的潜微的变化。他的小说的戏剧性是觉察不出来的戏剧性。他的“意识流”是明澈的，覆盖着清凉的阴影，不是芜杂的、纷乱的。热情的恬淡，入世的隐逸。阿左林笔下的西班牙是一个古旧的西班牙，真正的西班牙。

以上，我老实交代了我曾经接受过的影响，未必准确。至于这些影响怎样形成了我的风格（假如说我有自己的风格），那是说不清楚的。人是复杂的，不能用化学的定性分析方法分析清楚。但是研究一个作家的风格，研究一下他所曾接受的影响是有好处的。如果你想学习一个作家的风格，最好不要直接学习他本人，还是学习他所师承的前辈。你要认老师，还得先见见太老师。一祖三宗，渊源有自。这样才不至流于照猫画虎，邯郸学步。

一个作家形成自己的风格大体要经过三个阶段：一、模仿；二、摆脱；三、自成一家。初学写作者，几乎无一例外，要经过模仿的阶段。我年轻时写作学沈先生，连他的文白杂糅的语言也学。我的《汪曾祺短篇小说选》第一篇《复仇》，就有模仿西方现代派的方法的痕迹。后来年岁大了一点，到了“而立之年”了吧，我就竭力想摆脱我所受的各种影响，尽量使自己的作品不同于别人。郭小川同志在“文化大革命”后期有一次碰到我，说：“你说过的一句话，我到现在还记得。”我问他是什么话，他说：“你说过：凡是别人那样写过的，我就决不再那样写！”我想想，是说过。那还是反右以前的事了。我现在不说这个话了。我现在岁数大了，已经无意于使自己的作品像谁，也无意使自己的作品不像谁了。别人是怎样写的，我已经模糊了，我只知道自己这样的写法，只会这样写了。我觉得怎样写合适，就怎样写。我现在看作品，已经很少从形成自己的风格这样的角度去看了。对于曾经影响过我的作家的作品，近几年我也很少再看。然而：

菌子已经没有了，但是菌子的气味留在空气里。

影响，是仍然存在的。

一个人也不能老是一个风格，只有一种风格。风格，往往是因为所写的题材不同而有差异的。或庄，或谐；或比较抒情，或尖刻冷峻。但是又看得出还是一个人的手笔。一方面，文备众体，另一方面又自成一家。

梁实秋

论散文[1]

“散文”的对峙的名词，严格地讲，应该是“韵文”，而不是“诗”。“诗”时常可以用各种的媒介物表现出来，各种艺术里都可以含着诗，所以有人说过，“图画就是无音的诗”“建筑就是冻凝[2]的诗”。在图画建筑里面都有诗的位置，在同样以文字为媒介的散文里更不消说了。柏拉图的对话，是散文，但是有的地方也就是诗；陶渊明的《桃花源记》是散文，但是整篇的也就是一首诗。同时号称为诗的，也许里面的材料仍是散文。所以诗和散文在形式上划不出一个分明的界线，倒是散文和韵文可以成为两个适当的区别。这个区别的所在，便是形式上的不

① 原载《新月》月刊第一卷第八号，一九二八年十月十日。

② 指凝固。

同：散文没有准定的节奏，而韵文有规则的音律。

散文对于我们人生的关系，较比韵文为更密切。至少我们要承认，我们天天所说的话都是散文。不过会说话的人不能就成为一个散文家。散文也有散文的艺术。

一切的散文都是一种翻译。把我们脑子里的思想、情绪、想象译成语言文字。古人说，言为心声，其实文也是心声。头脑笨的人，说出来是蠢，写成散文也是拙劣；富于感情的人，说话固然沉挚[1]，写成散文必定情致缠绵；思路清晰的人，说话自然有条不紊，写成散文更能澄清澈底。由此可以类推。散文是没有一定的格式的，是最自由的，同时也是最不容易处置，因为一个人的人格思想，在散文里绝无隐饰的可能，提起笔来便把作者的整个的性格纤毫毕现地表示出来。在韵文里，格式是有一定的，韵法也是有准则的，无论你有没有什么高深的诗意，只消按照

① 意为深沉真挚。

规律填凑起来，平平仄仄、一东二冬[①]地敷衍上去，看的时候行列整齐，读的时候声调铿锵，至少在外表上比较容易遮丑。散文便不然，有一个人便有一种散文，喀赖尔[②]（Calyle）翻译莱辛的作品的时候说："每人有他自己的文调，就如同他自己的鼻子一般。"布丰[③]（Buffon）说："文调就是那个人。"

文调的美纯粹是作者的性格的流露，所以有一种不可形容的妙处：或如奔涛澎湃，能令人惊心动魄；或是委婉流利，有飘逸之致；或是简练雅洁，如斩钉断铁……总之，散文的妙处真可说是气象万千，变化无穷。我们读者只有赞叹的份儿，竟说不出其奥妙之所以然。批评家哈立

① 一东、二冬指诗韵上平声中的第一、二韵部，数字代表声调次序，汉字代表韵部。见明末清初李渔《笠翁对韵》。

② 托马斯·卡莱尔（一七九五～一八八一），英国历史学家、散文家，主要作品有《法国革命史》《论英雄与英雄崇拜》《腓特烈大帝传》等。

③ 布丰（一七〇七～一七八八），法国著名作家、博物学家，代表作有《自然史》等。

孙（Frederiok Harrison）说："试读服尔德[①]，狄孚[②]，绥夫特，高尔斯密[③]，你便可以明白，文字可以做到这样奥妙绝伦的地步，而你并不一定能找出动人的妙处究竟是那一种特质。你若是要拣出这一个词句好，那一个词句妙，这个或那个字的音乐好听，使你觉得雄辩的，抒情的，图画的，那么美妙便立刻就消失了……"譬如说《左传》的文字好，好在哪里？司马迁的文笔妙，妙在哪里？这真是很难解说的。

凡是艺术都是人为的。散文的文调虽是作者内心的流露，其美妙虽是不可捉摸，而散文的艺术仍是所不可

---

① 伏尔泰（一六九四～一七七八），法国启蒙思想家、文学家、哲学家，代表作有《哲学通信》《老实人》等。。

② 丹尼尔·笛福（一六六〇～一七三一），英国作家，被誉为欧洲"小说之父""英国小说之父""英国报纸之父"，代表作有《鲁滨逊漂流记》。

③ 奥利弗·高尔斯密（一七二八～一七七四），英国作家，其作品风格幽默、戏谑，代表作有《旅游者》《荒村》《威克菲牧师传》《世界公民》等。

少的。散文的艺术便是作者的自觉的选择。弗老贝尔[1]（Flaubert）是散文的大家，他选择字句的时候是何其的用心！他认为只有一个名词能够代表他心中的一件事物，只有一个形容词能够描写他心中的一种特色，只有一个动词能够表示他心中的一个动作。在万千的辞字之中他要去寻求那一个——只有那一个——合适的字，绝无一字的敷衍将就。他的一篇文字是经过这样的苦痛的步骤写成的，所以才能有纯洁无疵的功效。平常人的语言文字只求其能达，艺术的散文要求其能真实，——对于作者心中的意念的真实。弗老贝尔致力于字句的推敲，也不过是要求把自己的意念确切地表示出来罢了。至于字的声音，句的长短，都是艺术上所不可忽略的问题。譬如仄声的字容易表示悲苦的情绪，响亮的声音容易显出欢乐的神情，长的句子表示温和弛缓，短的句子代表强硬急迫的态度，在修辞学的范围以内，有许多的地方都是散文的艺术家所应当注意的。

---

① 福楼拜（一八二一 ~ 一八八〇），法国作家，代表作有《包法利夫人》等。

散文的美妙多端，然而最高的理想也不过是“简单”二字而已。简单就是经过选择删芟以后的完美的状态。普通一般的散文，在艺术上的毛病，大概全是与这个简单的理想相反的现象。散文的毛病最常犯的无过于下面几种：（一）太多枝节，（二）太繁冗，（三）太生硬，（四）太粗陋。枝节多了，文章的线索便不清楚，读者要很用力地追寻文章的旨趣，结果是得不到一个单纯的印象。太繁冗，则读者易于生厌，并且在琐碎处致力太过，主要的意思反倒不能直诉于读者。太生硬，则无趣味，不能引人入胜。太粗陋则令人易生反感令人不愿卒读，并且也失掉纯洁的精神。散文的艺术中之最根本的原则，就是“割爱”。一句有趣的俏皮话，若与题旨无关，只得割爱；一段题外的枝节，与全文不生密切关系，也只得割爱；一个美丽的典故，一个漂亮的字眼，凡是与原意不甚洽合者，都要割爱。散文的美，不在乎你能写出多少旁征博引的故事穿插，亦不在多少典丽的词句，而在能把心中的情思干干净净直截了当地表现出来。散文的美，美在适当。不肯割爱的人，在文章的大体上是要失败的。

散文的文调应该是活泼的，而不是堆砌的——应该是像一泓流水那样的活泼流动。要免除堆砌的毛病，相当的自然是必须保持的。用字用典要求其美，但是要忌其僻。文字若能保持相当的自然，同时也必须显示作者个人的心情，散文要写得亲切，即是要写得自然。希腊的批评家戴奥尼索斯批评柏拉图的文调说：

> 当他用浅显简单的辞句的时候，他的文调很令人欢喜的。因为他的文调可以处处看出是光明透亮，好像是最晶莹的泉水一般，并且特别的确切深妙，他只用平常的字，务求明白，不喜欢勉强粉饰的装点。他的古典的文字带着一种古老的斑斓，古香古色充满字里行间，显着一种欢畅的神情，美而有力；好像一阵和风从芬香的草茵上吹嘘过来一般……

简单的散文可以美得到这个地步。戴奥尼索斯称赞柏拉图的话，其实就是他的散文学说，他是标榜“亚典主义”反对“亚细亚主义”的。亚典主义的散文，就是简单的散文。

散文绝不仅是历史哲学及一般学识上的工具。在英国文学里，“感情的散文”（Impassioned Prose）虽然是很晚产生的一个类型，而在希腊时代我们该记得那个“高超的朗吉诺斯”（The sublime longinus），这一位古远的批评家说过，散文的功效不仅是诉于理性，对于读者是要以情移。感情的渗入，与文调的雅洁，据他说，便是文学的高超性的来由，不过感情的渗入，一方面固然救散文生硬冷酷之弊，在另一方面也足以启出恣肆粗陋的缺点。怎样才能得到文学的高超性，这完全要看在文调上有没有艺术的纪律。先有高超的思想，然后再配上高超的文调。有上帝开天辟地的创造，又有《圣经》那样庄严简练的文字，所以我们才有空前绝后的《圣经》文学。高超的文调，一方面是挟着感情的魔力，另一方面是要避免种种卑陋的语气和粗俗的词句。近来写散文的人，不知是过分的要求自然，抑是过分的忽略艺术，常常地沦于粗陋之一途，无论写的是什么样的题目，类皆出之以嘻笑怒骂，引车卖浆之流的语气和村妇骂街的口吻，都成为散文的正则。像这样恣肆的文字，里面有的是感情，但是文调，没有！

谈志摩的散文[①]

我一向爱志摩的散文。我和叶公超一样，以为志摩的散文在他的诗以上。志摩的可爱处，在他的散文里表现最清楚最活动。我现在谈谈志摩的散文的妙处。

志摩的散文，无论写的是什么题目，永远地保持一个亲热的态度。我实在找不出比“亲热的”更好的形容词。他的散文不是板起面孔来写的——他这人根本就很少有板面孔的时候。他的散文里充满了同情和幽默。他的散文没有教训的气味，没有演讲的气味，而是像和知心的朋友谈话。无论谁，只要一读志摩的文章，就不知不觉地非站在

① 原载《新月》月刊第四卷第一号“悼志摩专号”，一九三一年十月十日。

他的朋友的地位上不可。志摩提起笔来，毫不矜持，把他心里的话真掏出来说，把他的读者当作顶亲近的人。他不怕得罪读者，他不怕说寒伧话，他不避免土话，他也不避免说大话，他更尽量地讲笑话，总之，他写起文章来真是痛快淋漓，使得读者开不得口，只有点头只有微笑只有倾服的份儿！他在文章里永远不忘记他的读者，他一面说着话，一面和你指点，和你商量，真跟好朋友谈话一样，读志摩的文章的人，非成为他的朋友不可。他的散文有这样的魔力！例是无须举的，因为例太多。没有细心咀嚼过志摩的散文的人，我劝他看《自剖》《再剖》《求医》《想飞》《迎上前去》（俱在《自剖》文集里），他将不仅在这几篇文章里感觉文章的美，并且还要在字里行间认识出一个生龙活虎般的人。

文章写得亲热，不是一件容易事，这不是能学得到的艺术。必须一个人的内心有充实的生命力，然后笔锋上的情感才能逼人而来。据我看，有很多人都有模仿志摩的笔调的样子，但是模仿得不像，有时还来得呕人[1]，因为魄力不够而只在外表上学得一些志摩的mannerism[2]，自然成为无聊的效颦。志摩的散文有很明显的mannerism（这个字不好译，意思是文体上一个人所特有的种种毛病），但是除此之外，他还有他的风调（style）。风调是模仿不来的。只有志摩能写出志摩的散文。

志摩常说他写文章像是“跑野马”。他的意思是说，他写起文章来任性，信笔拈来，扯到山南海北，兜了无数的圈子，然后好费事地才回到本题。他的文章真是“跑野马”，但是跑得好。志摩的文章本来用不着题目，随他写去，永远有风趣。严格地讲，文章里多生枝节（digression）原不是好处，但是有时那枝节本身来得妙，读者便全神倾注在那枝节上，不回到本题也不要紧。志摩的散文几乎全是小品文的性质，不比是说理的论文，所以他的“跑野马”的文笔不但不算毛病，转觉得可爱了。我

① 意为使人生气、不快。

② 意为绘画、写作中过分的独特风格。

以为志摩的散文优于他的诗的缘故，就是因为他在诗里为格局所限不能“跑野马”，以至于不能痛快地显露他的才华。

“跑野马”不是随意胡写的意思。志摩的文章无论扯得离题多远，他的文章永远是用心写的。文章是要用心写，要聚精会神地写，才成。我记得胡适之先生第一集《文存》的序里好像有这么一句：“我这集里没有一篇文章不是用心作的。”我最佩服这个态度。不用心写的文章，发表出来是造孽。胡先生的文章之用心，偏向于思想方面处较多于散文艺术方面；志摩的用心，却大半在散文艺术方面。志摩在《轮盘》自序里说：“我敢说我确是有愿心想把文章当文章写的一个人。”我最佩服这个态度。《轮盘》集里有两篇《浓得化不开》，志摩写好了之后有一次读给我听，我觉得志摩并不善于读，但是他真真用心地读，真郑重地读。想见他对于他的作品是用心的。诚然，他有许多文章都是为了报纸杂志逼出来的，并且在极短的时候写出来的，但是这不能证明他不用心。文章的潦草并不能视所用时间长短而定，犹之是不能视底稿上涂改的多少而定。志摩的文章往往是顷刻而就，但是谁知道那些文章在他的脑子里盘旋了几久[①]？看他的《自剖》和《巴黎的鳞爪》，选词造句，无懈可击。志摩的散文有自觉的艺术（conscious workmanship）。

志摩的天才是多方面的，诗、戏剧、小说、散文，他全来得。记得约翰孙博士赞美他的朋友高尔斯密好像有这么一句："There is nothing that he did not touch, and he touched nothing that he did not adorn."大意是："没有一件事他没有干过，他也没有干过一件他没干好的事。"志摩之多才多艺，正可受这样的一句赞美。不过我觉得在他所努力过的各种文学体裁里，他最高的成就是在他的散文方面。

① 意为多久。

亲切的风格[①]

一百五十多年前英国批评家哈兹里特（Hazlitt）写过一篇文章《论亲切的风格》（*On Familiar Style*），开宗明义地说：

> 以亲切的风格写作，不是容易事。许多人误以为亲切的风格即是通俗的风格，写文章而不矫揉造作即是随随便便的信笔所之。相反的，我所谓的亲切的风格，最需要准确性，也可以说最需要纯洁的表现。不但要排斥一切无意义的铺张，而且也要芟除一切庸俗的术语，松懈的、无关的、信笔拈来的词句。不是首

① 原载《中华日报·副刊》“四宜轩杂记”专栏，二十世纪七十年代梁实秋应友人邀请开此专栏，撰写读书心得一类文章。

先想到一个字便写下来，而是要选用大家常用的最好的一个字；不是任意地把字组合起来，而是要使用语文中之真正的惯用的语法。要写出纯粹亲切的或真正英文的风格，便要像是普通谈话一般，对于选字要有彻底把握，谈吐之间要自然、有力，而且明白清楚，一切卖弄学问的以及炫耀口才的噱头都要抛弃。……任何人都可以用戏剧的腔调念出一段剧词，或是踩上高跷来发表他的思想；但是用简单而适当的语文来说话写作便比较困难了。作出[1]一种华而不实的风格，使用双倍大的字来表现你所想表现的东西，这是容易事；选用一个最为恰当的字，便不那么容易。十个八个字，同样地常用，同样地清楚，几乎有同样的意义，要在其中选择一个便不简单，其间差异微乎其微，但是却具有绝对的影响。……

他这意思是正确的。亲切不是随便，选词遣字之间很需要几分斟酌。不过写文章“要像是普通谈话一般”，这

① 意为创作出。

句话似乎也还可以再加斟酌。我以为，说话和写文章究竟不是一件事。是有人主张“要怎么说便怎么写”，但是我们说话通常是不打腹稿的，没有时间字斟句酌，往往都是想到即说，脱口而出，所以常有断断续续的、重重叠叠的词句，以及不很恰当的、不很明白的字词，当然更没有标点符号。假如写作如谈话，写出来的东西怕尽是些唠唠叨叨的絮语，废话连篇，徒惹人厌。使用过录音机的人一定可以理解，打开录音机听别人的谈话录音或自己的谈话录音，会觉得词句间欠斟酌、欠简练的地方太多了。如果把说话记录逐字逐句记了下来，也许是如闻謦欬[①]，别有情趣，但是那份啰唆、烦聒不成其为文章了。

语文一致当然是很好的理想。如果这理想有实现之可能，语与文要双方努力。写作要像谈话，谈话也要像写作。写作者芟除其文字中的繁文缛节，使之近似谈话，谈话者芟除其庸俗烦屑，使之近似文字。这样的语文一致岂

① 出自宋代杨亿《太常乐章三十首其四迎俎奏丰安之曲》：“如闻謦欬，武燕以宁。”謦欬，轻轻咳嗽，借指谈笑。

不是更为合理？不过使文字近似谈话易，使谈话近似文字难。因为人的教育程度不一致，有人说话粗野，有人说话文绉绉，说话粗野的人写文不会文雅，说话文绉绉的人写文也不会直率。语不一致，文焉能一致？语有许多阶层，文亦有许多阶层，阶层之间难望其一致。

以方言土语写小说，例如老舍早年作品《老张的哲学》《二马》之类，使用纯粹的北平方言，从头到尾，北平人读之备觉亲切，其他地方的读者怕未必全能欣赏。这样的文字应该算是言文一致了。我以为，小说中使用方言土语应以对话部分为限，因为只有在对话部分最能传神，如果全部用方言反倒减少了效果。

我从不相信古代言文一致的说法。记得胡适之先生的《白话文学史》说起过，到了汉朝的董仲舒的时候言文才正式地分离。胡先生的《白话文学史》旨在说明白话文学不是什么新的事物而是古已有之的，这话固然不错，不过在汉以前言文一致恐非事实。试想古代文字，由甲骨、钟鼎，以至简牍，书写是多么费事，文字非力求简练不可，凡能省的字必定省去。异于白话的文言大概是这样兴起来的。“周诰殷盘，佶屈聱牙”，难道是当时的白话？《诗经》不是容易读的，近似歌谣的国风一部分也不可能是当时的白话，古往今来没有口头谈话而能整整齐齐的几个字一句而且押韵的。言文从来未曾一致过。如果一定要把口头白话写下来称之为白话文学，那也未尝不可，事实上也曾有人这样做，据我看其中很少称得上是文学作品。

亲切的风格仅是比较地近于谈话而已，不能“像是普通谈话一般”。

季羡林

漫谈散文[1]

对于散文，我有偏爱，又有偏见。为什么有偏爱呢？我觉得在各种文学体裁中，散文最能得心应手，灵活圆通。而偏见又何来呢？我对散文的看法和写法不同于绝大多数的人而已。

我没有读过《文学概论》一类的书籍，我不知道专家们怎样界定散文的内涵和外延。我个人觉得，“散文”这个词儿是颇为模糊的。最广义的散文，指与诗歌对立的一种不用韵又没有节奏的文体。再窄狭一点，就是指与骈文相对的，不用四六体的文体。更窄狭一点，就是指与随

① 选自韩小蕙编《1998中国最佳随笔》，沈阳：辽宁人民出版社，一九九九年七月。

笔、小品文、杂文等名称混用的一种出现比较晚的文体。英文称之为Essay，familiar essay，法文叫Essai，德文是Essay，显然是一个字。但是这些洋字也消除不了我的困惑。查一查字典，译法有多种。法国蒙田的Essai，中国译为“随笔”，英国的Familiar essay，译为“散文”或“随笔”，或“小品文”。中国明末的公安派或竟陵派的散文，过去则多称之为“小品”。我堕入了五里雾中。

子曰：“必也正名乎！”这个名，我正不了，我只好“王顾左右而言他”。中国是世界上散文第一大国，这绝不是“王婆卖瓜”，是必须承认的事实。在西欧和亚洲国家中，情况也有分歧。英国散文名家辈出，灿若列星。德国则相形见绌，散文家寥若晨星。印度古代，说理的散文是有的，抒情的则如凤毛麟角。世上万事万物有果必有因，这种情况的原因何在呢？我一时还说不清楚，只能说，这与民族性颇有关联。再进一步，我就穷词了。

这且不去管它，我只谈我们这个散文大国的情况，而且重点放在眼前的情况上。五四运动是中国近代史上的一件大事。在文学范围内，改文言为白话，也是中国文学史上的一件大事。七十多年以来，中国文学创作取得了长足的进步。但是，据我个人的看法，各种体裁间的发展是极不平衡的。小说，包括长篇、中篇和短篇，以及戏剧，在形式上完全西化了。这是福？是祸？我还没见到有专家讨论过。我个人的看法是，现在的长篇小说的形式，很难说较之中国古典长篇小说有什么优越之处。戏剧亦然，不必具论。至于新诗，我则认为是一个失败。至今人们对诗也没能找到一个形式。既然叫诗，则必有诗的形式，否则可另立专名，何必叫诗？在专家们眼中，我这种对诗的见解只能算是幼儿园的水平，太平淡低下了。然而我却认为，真理往往就存在于平淡低下中。你们那些恍兮惚兮、高深玄妙的理论“只堪自怡悦”，对于我却是“只等秋风过耳边”了。

这些先不去讲它，只谈散文。简短截说，我认为五四运动以来中国文坛上最成功的是白话散文，个中原因并不难揣摩。中国有悠久雄厚的散文写作传统，所谓经、史、子、集四库中都有极为优秀的散文，为世界上任何国家所无法攀比。散文又没有固定的形式。于是作者如林，佳作如云，有如八仙过海，各显神通。旧日士子能背诵几十篇上百篇散文者，并非罕事，实如家常便饭。五四以后，只需将文言改为白话，或抒情，或叙事，稍有文采，便成佳作。窃以为，散文之所以能独步文坛，良有以也[①]。

但是，白话散文的创作有没有问题呢？有的，或者甚至可以说，还不少。常读到一些散文家的论调，说什么：“散文的诀窍就在一个‘散’字。”“散”字，松松散散之谓也。又有人说：“随笔的关键就在一个‘随’字。”“随者，随随便便之谓也。”他们的意思非常清楚：写散文随笔，可以随便写来，愿意怎样写，就怎样写。愿意下笔就下笔，愿意收住就收住。不用构思，不用推敲。有些作者自己有时也感到单调与贫乏，想弄点新鲜花样；但由于腹笥贫瘠，读书不多，于是就生造词汇，生造句法，企图以标新立异来济自己的贫乏。结果往往是，虽然自我感觉良好，可是读者偏不买你的账，奈之何哉！

---

① 指某种事情的产生的确是有些原因的。出自曹丕《与吴质书》：“少壮真当努力，年一过往，何可攀援！古人思秉烛夜游，良有以也。”良，的确，诚然；以，所以，原因。

读这样的散文，就好像吃掺上沙子的米饭，吐又吐不出，咽又咽不下，进退两难，啼笑皆非。你千万不要以为这样的文章没有市场。正相反，很多这样的文章堂而皇之地刊登在全国性的报刊上。我回天无力，只有徒唤奈何了。

要想追究产生这种现象的原因，也并不困难。世界上就有那么一些人，总想走捷径，总想少劳多获，甚至不劳而获。中国古代的散文，他们读得不多，甚至可能并不读；外国的优秀散文，同他们更是风马牛不相及。而自己又偏想出点风头，露一两手。于是就出现了上面提到的那样非驴非马的文章。

我在上面提到我对散文有偏见，又几次说到“优秀的散文”，我的用意何在呢？偏见就在“优秀”二字上。原来我心目中的优秀散文，不是最广义的散文，也不是“再窄狭一点”的散文，而是“更窄狭一点”的那一种。即使在这个更窄狭的范围内，我还有更更窄狭的偏见。我认为，散文的精髓在于“真情”二字，这二字也可以分开来讲：真，就是真实，不能像小说那样生编硬造；情，就是要有抒情的成分。即使是叙事文，也必有点抒情的意味，平铺直叙者为我所不取。《史记》中许多《列传》，本来都是叙事的；但是，在字里行间，洋溢着一片悲愤之情，我称之为散文中的上品。贾谊的《过秦论》，苏东坡的《范增论》《留侯论》，等等，虽似无情可抒，然而却文采斐然，情即蕴涵其中，我也认为是散文上品。

这样的散文精品，我已经读了七十多年了，其中有很多篇我能够从头到尾地背诵。每一背诵，甚至仅背诵其中的片段，都能给我以绝大的美感享受。如饮佳茗，香留舌本；如对良友，意寄胸中。如果真有“三月不知肉味”的话，我即是也。从高中直到大学，我读了不少英国的散文佳品，文字不同，心态各异。但是，仔细玩味，中英又确有相通之处：写重大事件而不觉其重，状身边琐事而不觉其轻；娓娓动听，逸趣横生；读罢掩卷，韵味无穷。有很多很多值得我们学习借鉴之处。

至于六七十年来中国并世的散文作家，我也读了不少他们的作品。虽然笼统称之为“百花齐放”，其实有成就者何止百家。他们各有自己的特色，各有自己的风格，合在一起看，直如一个姹紫嫣红的大花园，给五四以后的中国文坛增添了无量光彩。留给我印象最深刻最鲜明的有鲁迅的沉郁雄浑，冰心的灵秀玲珑，朱自清的淳朴淡泊，沈从文的轻灵美妙，杨朔的镂金错彩，丰子恺的厚重平实，如此等等，不一而足。至于其余诸家，各有千秋，我不敢赞一词矣。

综观古今中外各名家的散文或随笔，既不见“散”，也不见“随”。它们多半是结构谨严之作，绝不是愿意怎样写就怎样写的轻率产品。蒙田的《随笔》，确给人以率意而行的印象。我个人认为，在思想内容方面，蒙田是极其深刻的；但在艺术性方面，他却是不足法的。与其说蒙田是一个散文家，不如说他是一个哲学家或思想家。

根据我个人多年的玩味和体会，我发现，中国古代优秀的散文家，没有哪一个是“散”的，是“随”的。正相反，他们大都是在“意匠惨淡经营中”，简练揣摩，煞费苦心，在文章的结构和语言的选用上，狠下功夫。文章写成后，读起来虽然如行云流水，自然天成，实际上其背后蕴藏着作者的一片匠心。空口无凭，有文为证。欧阳修的《醉翁亭记》是流传千古的名篇，脍炙人口，无人不晓。通篇用“也”字句，其苦心经营之迹，昭然可见。像这样的名篇还可以举出一些来，我现在不再列举，请读者自己去举一反三吧。

在文章的结构方面，最重要的是开头和结尾。在这一点上，诗文皆然，细心的读者不难自己去体会。而且我相信，他们都已经有足够的体会了。要举例子，那真是不胜枚举。我只举几个大家熟知的。欧阳修的《相州昼锦堂记》开头几句话是：“仕宦而至将相，富贵而归故乡，此人情之所荣，而今昔之所同也。”据一本古代笔记上的记载，原稿并没有。欧阳修经过了长时间的推敲考虑，把原稿派人送走。但他突然心血来潮，觉得还不够妥善，立即又派人快马加鞭，把原稿追了回来，加上了这几句话，然后再送走，心里才得到了安宁。由此可见，欧阳修是多么重视文章的开头。从这一件小事中，后之读者可以悟出很多写文章之法。这就绝非一件小事了。这几句话的诀窍何在呢？我个人觉得，这样的开头有雷霆万钧的势头，有笼罩全篇的力量，读者一开始读就感受到它的威力，有如高屋建瓴，再读下去，就一泻千里了。文章开头之重要，焉能小视哉！这只不过是一个例子，不能篇篇如此。综观古人文章的开头，还能找出很多不同的类型。有的提纲挈领，如韩愈《原道》之“博爱之谓仁，行而宜之之谓义，由是而之焉之谓道，足乎己无待于外之谓德”。有的平缓，如柳宗元的《小石城山记》之“自西山道口径北，逾黄茅岭而下，有二道”。有的陡峭，如杜牧《阿房宫赋》之“六王毕，四海一，蜀山兀，阿房出”。类型还多得很，不可能也没有必要一一列举。读者如能仔细观察，仔细玩味，必有所得，这是完全可以肯定的。

谈到结尾，姑以诗为例，因为在诗歌中，结尾的重要性更明晰可辨。杜甫的《望岳》最后两句是：“会当凌绝顶，一览众山小。”钱起的《赋得湘灵鼓瑟》[①]的最终两句是：“曲终人不见，江上数峰青。”杜甫的《赠卫八

① 此处为作者误记，应为《省试湘灵鼓瑟》。

处士》的最后两句是："明日隔山岳，世事两茫茫。"杜甫的《缚鸡行》的最后两句是："鸡虫得失无了时，注目寒江倚山阁。"这样的例子更是举不完的。诗文相通，散文的例子，读者可以自己去体会。之所以出现这种情况，原因并不难理解。在中国古代，抒情的文或诗，都贵在含蓄，贵在言有尽而意无穷，如食橄榄，贵在留有余味，在文章结尾处，把读者的心带向悠远，带向缥缈，带向一个无法言传的意境。我不敢说，每一篇文章，每一首诗，都是这样。但是，文章之作，其道多端；运用之妙，存乎一心。我上面讲的情况，是广大作者所刻意追求的，我对这一点是深信不疑的。

"你不是在宣扬八股吗？"我仿佛听到有人这样责难了。我敬谨答曰："是的，亲爱的先生！我正是在讲八股，而且是有意这样做的。"同世上的万事万物一样，八股也要一分为二的。从内容上来看，它是"代圣人立言"，陈腐枯燥，在所难免。这是毫不足法的。但是，从布局结构上来看，却颇有可取之处。它讲究逻辑，要求均衡，避免重复，禁绝拖拉。这是它的优点。有人讲，清代桐城派的文章，曾经风靡一时，在结构布局方面，曾受到八股文的影响。这个意见极有见地。如果今天中国文坛上的某一些散文作家——其实并不限于散文作家——学一点八股文，会对他们有好处的。

我在上面啰啰唆唆写了那么一大篇，其用意其实是颇为简单的。我只不过是根据自己六十来年的经验与体会，告诫大家：写散文虽然不能说是“难于上青天”，但也绝非轻而易行，应当经过一番磨炼，下过一番苦功，才能有所成，决不可掉以轻心，率尔操觚。

综观中国古代和现代的优秀散文，以及外国的优秀散文，篇篇风格不同。散文读者的爱好也会人人不同，我决不敢要求人人都一样，那是根本不可能的。仅就我个人而论，我理想的散文是淳朴而不乏味，流利而不油滑，庄重而不板滞，典雅而不雕琢。我还认为，散文最忌平板。现在有一些作家的文章，写得规规矩矩，没有任何语法错误，选入中小学语文课本中是毫无问题的。但是读起来总觉得平淡无味，是好的教材资料，却绝非好的文学作品。

我个人觉得，文学最忌单调平板，必须有波涛起伏，曲折幽隐，才能有味。有时可以采用点文言辞藻，外国句法；也可以适当地加入一些俚语俗话，增添那么一点苦涩之味，以避免平淡无味。我甚至于想用谱乐谱的手法来写散文，围绕着一个主旋律，添上一些次要的旋律；主旋律可以多次出现，形式稍加改变，目的只想在复杂中见统一，在跌宕中见均衡，从而调动起读者的趣味，得到更深更高的美感享受。有这样有节奏有韵律的文字，再充之以真情实感，必能感人至深，这是我坚定的信念。

我知道，我这种意见绝不是每个作家都同意的。风格如人，各人有各人的风格，绝不能强求统一。因此，我才说：这是我的偏见。说“偏见”，是代他人立言。代他人立言，比代圣人立言还要困难。我自己则认为这是正见，否则我决不会这样剌剌不休地来论证。我相信，大千世界，文章林林总总，争鸣何止百家！如蒙海涵，容我这个偏见也占一席之地，则我必将感激涕零之至矣。

一九八八年五月二十五日

作　文

一

当年，我还是学生时，从小学到大学，都有“国文”一门课，现在似乎是改称“语文”了。国文课中必然包括作文一项，由老师命题，学生写作。然后老师圈点批改，再发还学生，学生细心揣摩老师批改处，总结经验，以图进步。大学或其他什么学一毕业，如果你当了作家，再写作，就不再叫作文，而改称写文章，高雅得多了。

作文或写文章有什么诀窍吗？据说是有的。旧社会许多出版社出版了一些“作文秘诀”之类的书，就是瞄准了学生的钱包，立章立节，东拼西凑，洋洋洒洒，神乎其神，实际上是一派胡言乱语，谁要想从里面找捷径，寻秘诀，谁就是天真到糊涂的程度，花了钱，上了当，“赔了夫人又折兵”。

据我浏览所及，古今中外就没有哪一位大作家真正靠什么秘诀成名成家的。记得鲁迅或其他别的作家曾说过，“作文秘诀”一类的书是绝对靠不住的。想要写好文章，只能从多读多念中来。清代的《古文观止》或《古文辞类纂》一类的书，大概就是为了这个目的而编选的。结果是流传数百年，成为家喻户晓的书，我们至今尚蒙其利。

我从小就背诵《古文观止》中的一些文章，至今背诵上口者尚有几十篇。从小学一直到高中前半，写作文用的都是文言。在小学时，作文不知道怎样开头，往往先来上一句“人生于世”，然后再苦思苦想，写下面的文章。写的时候，有意或无意，模仿的就是《古文观止》中的某一篇文章。

在读与写的过程中，我逐渐悟出了一些道理。现在有人主张，写散文可以随意之所之，愿写则写，不愿写则停，率性而行，有如天马行空，实在是潇洒之至。这样的文章，确实有的。但是，读了后怎样呢？不但不如天马行空，而且像驽马负重，令人读了吃力，毫无情趣可言。

古代大家写文章，都不掉以轻心，而是简练揣摩，惨淡经营，句斟字酌，瞻前顾后，然后成篇，成为一件完美的艺术品。这一点道理，只要你不粗心大意，稍稍留心，就能够悟得。欧阳修的《醉翁亭记》，通篇用“也”字句，不是一个最明显的例子吗？

元刘埙的《隐居通议》卷十八讲道：“古人作文，俱有间架，有枢纽，有脉络，有眼目。”这实在是见道之言。这些间架、枢纽、脉络、眼目是从哪里来的呢？回答只有一个，从惨淡经营中来。

二

对古人写文章，我还悟得了一点道理：古代散文大家的文章中都有节奏，有韵律。节奏和韵律，本来都是诗歌的特点，但是，在优秀的散文中也都可以找到，似乎是不可缺少的。节奏主要表现在间架上。好比谱乐谱，有一个主旋律，其他旋律则围绕着这个主旋律而展开，最后的结果是：浑然一体，天衣无缝。读好散文，真如听好音乐，它的节奏和韵律长久萦绕停留在你的脑海中。

最后，我还悟得一点道理：古人写散文最重韵味。提到“味”，或曰“口味”，或曰“味道”，是舌头尝出来的。中国古代钟嵘《诗品》中有“滋味”一词，与“韵味”有点近似，而不完全一样。印度古代文论中有rasa（梵文）一词，原意也是“口味”，在文论中变为“情感”（sentiment）。这都是从舌头品尝出来的“美”转移到文艺理论上，是很值得研究的现象。这里暂且不提。我们现在常有人说：“这篇文章很有味道。”也出于同一个原因。这“味道”或者“韵味”是从哪里来的呢？细读中国古代优秀散文，甚至读英国的优秀散文，通篇灵气洋溢，清新俊逸，绝不干瘪，这就叫作“韵味”。一篇中又往往有警句出现，这就是刘埙所谓的“眼目”。比如，骆宾王《为徐敬业讨武曌檄》中的“一抔之土未干，六尺之孤何托！”两句话，连武则天本人读到后都大受震动，认为骆宾王是一个人才。王勃《滕王阁序》中有两句：“落霞与孤鹜齐飞，秋水共长天一色。”也使主人大为激赏，这就好像是诗词中的炼字炼句。王国维说：“有此一字而境界全出。”[①]我现在把王国维关于词的“境界说”移用到散文上来，想大家不会认为唐突吧。

纵观中国几千年写文章的历史，在先秦时代，散文和赋都已产生。到了汉代，两者仍然同时存在而且同时发展。散文大家有司马迁等，赋的大家有司马相如，等等。到了六朝时代，文章又有了新发展，产生骈四俪六的骈体文，讲求音韵，着重词彩，一篇文章，珠光宝气，璀璨辉煌。这种文体发展到了极端，就走向形式主义。韩愈“文起八代之衰”，指的就是他用散文，明白易懂的散文，纠正了骈体文的形式主义。从那以后，韩愈等所谓“唐宋八大家”的文章，就俨然成为文章正宗。但是，我们不要忘

① 据王国维《人间词话》第七则，原文应为“‘红杏枝头春意闹’，着一‘闹’字而境界全出。‘云破月来花弄影’，着一‘弄’字而境界全出矣。”

记，韩愈等八大家，以及其他一些家，也写赋，也写类似骈文的文章。韩愈的《进学解》，欧阳修的《秋声赋》，苏轼的前后《赤壁赋》，等等，都是例证。

这些历史陈迹，回顾一下，也是有好处的。但是，我要解决的是现实问题。

三

我要解决什么样的现实问题呢？就是我认为现在写文章应当怎样写的问题。

就我管见所及，我认为，现在中国散文坛上，名家颇多，风格各异。但是，统而观之，大体上只有两派：一派平易近人，不求雕饰；一派则是务求雕饰，有时流于做作。我自己是倾向第一派的。我追求的目标是：真情流露，淳朴自然。

我不妨引几个古人所说的话。元盛如梓《庶斋老学丛谈》卷中上说：“晦庵（朱子）先生谓欧苏文好处只是平易说道理。……又曰：作文字须是靠实说，不可架空细巧。大率七八分实，二三分文。欧文好者，只是靠实而有条理。”

上引元刘埙的《隐居通议》卷十八说：“经文所以不可及者，以其妙出自然，不由作为也。左氏已有作为处，太史公文字多自然。班氏多作为。韩有自然处，而作为之处亦多。柳则纯乎作为。欧、曾俱出自然。东坡亦出自然。老苏则皆作为也。荆公有自然处，颇似曾文。唯诗也亦然。故虽有作者，但不免作为。渊明所以独步千古者，以其浑然天成，无斧凿痕也。韦、柳法陶，纯是作为。故评者曰：陶彭泽如庆云在霄，舒卷自如。”这一段评文论诗的话，以“自然”和“作为”为标准，很值得玩味。所谓“作为”就是“做作”。

我在上面提到今天中国散文坛上作家大体上可以分为两派，与刘埙的两个标准完全相当。今天中国的散文，只要你仔细品味一下，就不难发现，有的作家写文章非常辛苦，“作为”之态，皎然在目。选词炼句，煞费苦心。有一些词还难免有似通不通之处。读这样的文章，由于“感情移入”之故吧，读者也陪着作者如负重载，费劲吃力。读书之乐，何从而得?

在另一方面，有一些文章则一片真情，纯任自然，读之如行云流水，毫无扞格[①]不畅之感。措词遣句，作者毫无生铸硬造之态，毫无“作为”之处，也是由于“感情移入”之故吧，读者也同作者一样，或者说是受了作者的感染，只觉得心旷神怡，身轻如燕。读这样的文章，人们哪能不获得最丰富活泼的美的享受呢?

我在上面曾谈到，有人主张，写散文愿意怎样写就怎样写，愿写则写，愿停则停，毫不费心，潇洒之至。这种纯任“自然”的文章是不是就是这样产生的呢?不，不，绝不是这样。我在上面已经谈到惨淡经营的问题。我现在再引一句古人的话，《湛渊静语》上引柳子厚答韦中立

① 意为互相抵触。

云：“故吾每为文章，未尝敢以轻心掉之。”上面引刘埙的话说“柳则纯乎作为”，也许与此有关。但古人为文绝不掉以轻心，惨淡经营多年之后，则又返璞归真，呈现出“自然”来。其中道理，我们学为文者必须参悟。

一九九七年十月三十日

写文章[①]

当前中国散文界有一种论调，说什么散文妙就妙在一个“散”字上。散者，松松散散之谓也。意思是提笔就写，不需要构思，不需要推敲，不需要锤炼字句，不需要斟酌结构，愿意怎样写就怎样写，愿意写到哪里就写到哪里。理论如此，实践也是如此。这样的“散”文充斥于一些报刊中，滔滔者天下皆是矣。

我爬了一辈子格子，虽无功劳，也有苦劳；成绩不大，教训不少。窃以为写文章并非如此容易。现在文人们都慨叹文章不值钱。如果文章都像这样的话，我看不值

① 选自季羡林著，季羡林研究所编《季羡林谈写作》，北京：中国书店，二〇〇七年一月。

钱倒是天公地道。宋朝的吕蒙正让灶君到玉皇驾前去告御状："玉皇若问人间事，为道文章不值钱。"如果指的是这样的文章，这可以说是刁民诬告。

从中国过去的笔记和诗话一类的书中可以看到，中国过去的文人，特别是诗人和词人，十分重视修辞。这样的例子不胜枚举。杜甫的"语不惊人死不休"，是人所共知的。王安石的"春风又绿江南岸"中的"绿"字，是诗人经过几度考虑才选出来的。王国维把这种炼字的工作同他的文艺理想"境界"挂上了钩。他说："词以境界为最上。"什么叫"境界"呢？同炼字有关是可以肯定的。他说："'红杏枝头春意闹'，着一'闹'字而境界全出。""闹"字难道不是炼出来的吗？

这情况又与汉语难分词类的特点有关。别的国家情况不完全是这样。

上面讲的是诗词，散文怎样呢？我认为，虽然程度不同，这情况也是存在的。关于欧阳修推敲文章词句的故事，过去笔记中多有记载。我现在从《霏雪录》中抄一段：

> 前辈文章大家，为文不惜改窜。今之学力浅浅者反以不改为高。欧公每为文，既成必自窜易，至有不留初本一字者。其为文章，则书而粘之屋壁，出入观省。至尺牍单简亦必立稿，其精审如此。每一篇出，士大夫皆传写讽诵。唯睹其浑然天成，莫究斧凿之痕也。

这对我们今天写文章，无疑是一面镜子。

一九九三年十二月二十六日

苏童

小说是灵魂的逆光[①]

种种迹象表明：我们的文学逐渐步入了艺术的殿堂。今天我们看到为数不少的具有真正艺术精神的作家和作品涌现出来。这是一点资本，我们不妨利用这一点资本来谈谈一些文学内部和外部的问题。不求奢侈，不要过激。既然把文学的种种前途和困境作为艺术问题来讨论，一切可以做得心平气和，每一种发言都是表现，这就像街头乐师们的音乐，每个乐师的演奏相互联系又相对独立，但是你看他们的态度都是宁静而认真的。

① 选自《纸上的美女：苏童随笔选》，北京：人民日报出版社，一九九八年十二月。原题为《想到什么说什么》，现标题为编者所改。

一

形式感的苍白曾经使中国文学呈现出呆傻僵硬的面目，这几乎是一种无知的悲剧，实际上一名好作家、一部好作品的诞生在很大程度上有赖于形式感的成立。现在形式感已经在一代作家头脑中觉醒，马原和莫言是两个比较突出的例子。

一个好作家对于小说处理应有强烈的自主意识，他希望在小说的每一处打上他的某种特殊的烙印，用自己摸索的方法和方式组织每一个细节、每一句对话，然后他按照自己的审美态度把小说这座房子构建起来。这一切需要孤独者的勇气和智慧。作家孤独而自傲地坐在他盖的房子里，而读者怀着好奇心在房子外面围观，我想这就是一种艺术效果，它通过间离达到了进入（吸引）的目的。

形式感是具有生命活力的，就像一种植物，有着枯盛衰荣的生存意义。形式感一旦被作家创建起来也就成了矛盾体，它作为个体既具有别人无法替代的优势，又有一种潜在的危机。这种危机来源于读者的逆反心理和喜新厌旧的本能，一名作家要保存永久的魅力似乎很难。是不是存在着一种对自身的不断超越和升华？是不是需要你提供某个具有说服力的精神实体，然后你才成为形式感的化身？在世界范围内有不少例子。

博尔赫斯——迷宫风格——智慧的哲学和虚拟的现实；

海明威——简洁明快——生存加死亡加人性加战争的困惑；

纪德——敏感细腻——压抑的苦闷和流浪的精神孤儿；

昆德拉——叛逆主题——东欧的反抗与逃避形象的化身。

有位评论家说，一个好作家的功绩在于他给文学贡献了某种语言。换句话说，一个好作家的功绩也在于提供永恒意义的形式感。重要的是你要把自己和形式感合二为一，就像两个氢离子一个氧离子合二为一，成为我们大家的水，这是艰难的，这是艺术的神圣目的。

二

小说应该具备某种境界，或者是朴素空灵，或者是诡谲深奥，或者是人性意义上的，或者是哲学意义上的。它们无所谓高低，它们都支撑小说的灵魂。

实际上我们读到的好多小说没有境界，或者说只有一个虚假的实用性外壳，这是因为作者的灵魂不参与创作过程，他的作品跟他的心灵毫无关系，这又是创作的一个悲剧。

特殊的人生经历和丰富敏锐的人的天资往往能造就一名好作家，造就他精妙充实的境界。

我读史铁生的作品总是感受到他的灵魂之光，也许这是他皈依命运和宗教的造化，其作品宁静淡泊，非常节制松弛，在漫不经心的叙述中积聚艺术力量，我想他是朴素的。我读余华的小说亦能感觉到他的敏感、他的耽于幻想，他借凶残补偿了温柔，借非理性补偿了理性，做得很巧妙很机警，我认为他有一种诡谲的境界。

小说是灵魂的逆光，你把灵魂的一部分注入作品从而使它有了你的血肉，也就有了艺术的高度。这牵扯到两个问题：其一，作家需要审视自己真实的灵魂状态，要首先塑造你自己；其二，真诚的力量无比巨大，真诚的意义在这里不仅是矫枉过正，还在于摒弃矫揉造作、摇尾乞怜、哗众取宠、见风使舵的创作风气。不要隔靴搔痒，不要脱了裤子放屁，也不要把真诚当狗皮膏药卖，我想真诚应该是一种生存的态度，尤其对于作家来说。

三

多年以前，诗歌界有一种说法叫pass[①]北岛，它来自

① 意为通过、越过。

诗歌新生代崛起后的喉咙，小说界未听过类似的口号，也许是小说界至今未产生像北岛那样具有深远影响的精神领袖。我不知道这种说法是好是坏，pass这词的意义不是打倒，而是让其通过的意思，我想它显示出某种积极进取的倾向。

小说界pass谁？小说界情况不同，无人提出这种气壮如牛的口号，这是由于我们的小说从来没有建立起艺术规范和秩序（需要说明的是艺术规范和秩序与百花齐放百家争鸣没有对立关系）。小说家的队伍一直是杂乱无章的，存在着种种差异。这表现在作家文化修养、艺术素质和创作面貌诸方面，但是各人头上一方天却是事实。同样地，我也无法判断这种状况是好是坏。

实际上我们很少感觉到来自同胞作家的压力。谁在我们的路上设置了障碍？谁在我们头上投下了阴影？那就是这个时代所匮乏的古典风范或者精神探求者的成功，那是好多错误的经验陷人于泥坑的结果。我们受到了美国当代文学、欧洲文学、拉美文学的冲击和压迫，迷惘和盲从的情绪笼罩着这一代作家。你总得反抗，你要什么样的武器？国粹不是武器，吃里扒外也不是武器，老庄、禅宗、“文革”“改革”，你可以去写可以获得轰轰烈烈的效果，但它也不是你的武器。有人在说我们靠什么走向世界？谁也无法指点迷津，这种问题还是不要多想为好，作家的责任是把你自己先建立起来，你要磨出你的金钥匙交给世界，然后你才成为一种真正的典范，这才是具有永恒意义的。

四

有一种思维是从小说外走向小说内，触类旁通然后由表及里，进入文学最深处。具有这种思维的大凡属于学者型作家。

我们似乎习惯于一种单一的艺术思维，唯恐把自己甩到文学以外，这使作家的经验受到种种限制，也使作家的形象在社会上相对封闭。在国外有许多勇敢的叛逆者形象，如美国诗人金斯堡二十世纪六十年代风靡美国的巡回演讲和作品朗诵；如作家杜鲁门·卡波特和诺曼·梅勒，他们的优秀作品《冷血》《刽子手之歌》《谈谈五位女神之子》中的非小说的文字，他们甚至在电视里开辟了长期的专栏节目，与观众探讨文学的和非文学的问题。可以把这种意识称为有效的越位。它潜伏着对意识形态进行统治的欲望（至少是施加影响），它使作家的形象强大而完整，也使文学的自信心在某种程度上得到加强。

我想没有生气的文坛首先是没有生气的作家造成的，没有权利的作家是你不去争取造成的。其他原因当然有，但那却构不成灾难，灾难来自我们自己枯萎的心态。

短篇小说，一些元素[①]

谈及短篇小说，古今中外都有大师在此领域留下不朽的声音。有时候我觉得童话作家的原始动机是为孩子们上床入睡而写作，而短篇小说就像针对成年人的夜间故事，最好是在灯下读，最好是每天入睡前读一篇，玩味三五分钟，或者被感动，或者会心一笑，或者怅怅然的，如有骨鲠在喉。如果读出这样的味道，说明这短暂的阅读时间没有浪费，培养这样的习惯使一天的生活始于平庸而终止于辉煌，多么好！

当然前提是有那么多好的短篇可以放在枕边。

---

① 原载《当代作家评论》，二〇〇五年第一期。

首先让我谈谈读霍桑《威克菲尔德》的感受，我觉得它给我的震动不比《红字》弱小。一个离家出走到另一个街区的男人，每天还在暗中观察家人的生活，这样的人物设置本身已经让作品具备了不同凡响的意义。这个男人恐惧什么？这个男人在逃避什么？这个男人离家出走的直线距离不会超过一千米，但是我们作为读者会情不自禁地丈量他离社会的距离，离开伦理道德的距离，这就是《威克菲尔德》的鬼斧神工之处。一个离家出走几百米的男人因此比许多小说描写的漂洋过海的离家出走的人更加令人关注。而老奸巨猾的霍桑却不想摧毁什么，他让威克菲尔德最后又回到了家里："失踪后的第二十个年头，一天傍晚，威克菲尔德习惯性地朝他仍称为家的地方信步走去。"霍桑让这个人物"晚上不声不响地踏进家门，仿佛才离家一天似的"。就这样，在发出一种尖厉的令人恐慌的怪叫声后，霍桑也善解人意地抚慰了我们不安的感官，也扶正了众多紧张的良心和摇晃的道德之树。

辛格的令人尊敬之处在于他的朴拙的小说观，他总是在"人物"上不惜力气，固执已见地种植老式犹太人的人物丛林，刻画人物有一种累死拉倒的农夫思想，因此辛格的人物通常是饱满得能让你闻到他们的体臭。《傻瓜吉姆佩尔》就是他最具标志性的人物文本。与辛格相比，我们更加熟悉的大师福克纳一直是在用人类写作历史上最极致的智慧和手段为人类本身树碑立传。《献给爱米丽的一朵玫瑰花》被评论认为是吸收了哥特式小说的影响，哥特式小说与伟大的福克纳相比算老几呢？这是众多热爱福克纳先生的读者下意识的反应，但这不是福克纳本人的反应，他是不耻下问的。我们所读到的这朵“玫瑰”最终是经过圣手点化的，所以它阴郁、怪诞、充满死亡之气，却又处处超越了所谓“艺术氛围”，让人们急于探究爱米丽小姐的内心世界。她的内心世界就像她居住的破败宅第，终有一扇尘封之门，福克纳要为我们推开的是两扇门，推开内心之门更是他的兴趣所在。所以我们看见门被打开了，看到爱米丽小姐封闭四十年的房间，看见她的死去多年的情人的尸体躺在床上，看见枕头上的“一绺长长的铁灰色头发”，我们看见爱米丽小姐其实也躺在那里，她的内心其实一直躺在那里，因为福克纳先生告诉我们那是世界上最孤独的女人之心。我们读到这里都会感到害怕，不是因为恐惧，而是为了孤独。

孤独的不可摆脱和心灵的自救是人们必须面对的现实，我们和文学大师们关注这样的现实。博尔赫斯的《第三者》不像他的其他作品那样布满圈套，这个故事简单而富于冲击力。《第三者》叙述的是相依为命的贫苦兄弟爱上同一个风尘女子的故事，所以我说它简单。但此篇的冲击在于结尾，为了免于不坚固的爱情对坚固的兄弟之情的破坏，哥哥的选择是彻底摆脱爱情，守住亲情，他动手结果了女人的生命。让我们感到震惊的就是这种疯狂和理性，它有时候成为统一的岩浆喷发出来，你怎能不感到震惊？令人发指的暴行竟然顺理成章，成为兄弟最好的出路！我想博尔赫斯之所以让暴力也成为他优雅精致的作品中的元素，是因为最优秀的作家无须回避什么，因为他从不宣扬什么，他所关心的仍然只是人的困境，种种的孤独和种种艰难却又无效的自救方法，也是人类生活中最重要的细节。

沉重的命题永远是我们精神上需要的咖啡，但我也钟爱一些没说什么却令人感动令人难忘的作品。就像乔伊斯的《阿拉比》，这是《都柏林人》中的一篇。写的是一个混沌初开的少年的感情世界，也许涉及了少年的初恋，也许什么也不涉及。少年手里抓着一枚银币，夜里独自一人坐火车去远处的阿拉伯风格集市，他原先想买什么的，原先大概是准备送给“曼根的姐姐”什么的，但他辛辛苦苦到了集市，却什么也没买，而集市也已经熄灯了。这就是小说的主要内容。你可以作出种种揣摩，对作家的意图作出深层次的理解，但我想对这样的作品，想象的补充是更加有趣的。想象一个少年夜里独自坐在火车上，想象他独自站在已经打烊的集市中的心情，回忆一下，你在那个年龄有没有类似的一次夜游？这也许更贴近了作家的本意。这也是对短篇小说的一种解读方法。同样的方法应该也适用于卡波特的《圣诞节忆旧》。严格地说这不像一篇虚构的小说，它很像一次无所用心的回忆，回忆作家幼年与一个善良而孩子气的老妇人苦中作乐过圣诞节的琐事。正因为无所用心而使叙述明亮朴素，所有悲伤全部凝结成宝石，在我们面前闪闪发亮。尤其是写到老妇人之死，作家是这样写的：又一个十一月的早晨来临了，一个树叶光光、没有小鸟的冬天早晨，她再也爬不起来大声说：“这是做水果蛋糕的好天气！”应该说《圣诞节忆旧》不是一篇很著名的小说，但我确信读者会被这么一种散淡而诚挚的作品所感动，并且终生难忘。

我之所以喜爱雷蒙德·卡佛，完全是因为佩服他对现代普通人生活不凡的洞察力和平等细腻的观察态度，也因为他的同情心与文风一样毫不矫饰。这篇《马辔头》里的农场主霍利茨是卡佛最善于描写的底层人物，破产以后举家迁徙，却无法在新的地方获得新的生活，最后仍然是离开，去了更陌生的地方。这个失意的不走运的家庭人搬走了，却留下了一只马辔头，让邻居们无法忘记他们的存在，也让我们感受到了这只马辔头散发的悲凉的气息。卡佛不是泛泛的“简单派”，因为他的节制大多是四两拨千斤，我们总是可以感受到他用一根粗壮的手指，轻轻地指着我们大家的灵魂，那些褶皱，那些挫伤，那些暧昧不清的地方，平静安详就这样产生了力量。

我并不认为张爱玲是在国产短篇小说创作中唯一青史

留名者。我推崇《鸿鸾禧》，是因为这篇作品极具中国文学的腔调，是我们广大的中国读者熟悉的传统文学样板，简约的白话，处处精妙挑剔，一个比喻，都像李白[①]吟诗一般煞费苦心，所以说传统中国小说是要从小功夫中见大功夫的，其实也要经过苦吟才得一部精品。就像此篇中两个待字闺中的小姑子二乔和四美，她们为哥嫂的婚礼精心挑选行头，但张爱玲说，虽然各人都认为在婚礼中是最吃重的角色，但“对于二乔和四美，（新娘子）玉清是银幕上最后映出的雪白耀眼的‘完’字，而她们则是精彩的下期佳片预告”。张爱玲小说最厉害的就是这样那样聪明机智的比喻，我一直觉得这样的作品是标准中国造的东西，比诗歌随意，比白话严谨，在靠近小说的过程中成了小说。因此它总是显得微妙而精彩，读起来与上述的外国作家的作品是不同的，这也是我推崇《鸿鸾禧》最充分的理由。

---

① 此处似应为杜甫。杜甫有“为人性僻耽佳句，语不惊人死不休”的自述，李白出口成章，曾调侃杜甫“借问别来太瘦生，总为从前作诗苦”。

短篇小说的使命①

短篇小说的写作就像画邮票

我不算很“自恋”的人，但回头一看，自己在这三十多年时间里，竟然不知不觉写下了这么多的短篇小说，还是有一种莫名其妙的自豪感，不是为自己的崇高自豪，喜欢写短篇没什么特别的崇高意义，是为自己的“自我忠实”自豪，我的感慨是我以为自己很商业了，结果却告诉我，我很“自我”。我喜欢写短篇，这没什么可羞愧的，也没什么值得夸耀的，没有什么特殊事件对我的影响，也没有任何殉道的动机，仅仅是喜欢而已。

① 原载《文学报》二〇一六年四月二十一日第十八版。

“香椿树街”和“枫杨树乡”是我作品中两个地理标签，一个是为了回头看自己的影子，向自己索取故事；一个是为了仰望，为了前瞻，是向别人索取，向虚构和想象索取，其中流露出我对于创作空间的贪婪。一个作家如果有一张好“邮票”，此生足矣，但是因为怀疑这邮票不够好，于是一张不够，还要第二张、第三张。但是我觉得花这么长时间去画一张邮票，不仅需要自己的耐心、信心，也要拖累别人，考验别人，等于你是在不停地告诉别人，等等，等等，我的邮票没画好呢。别人等不等是另外一个问题，别人收藏不收藏你的邮票又是一个问题，所以依我看，画邮票的写作生涯，其实是很危险的，不能因为福克纳先生画成功了，所有画邮票的就必然修得正果。一般来说，我不太愿意承认自己在画两张邮票，情愿承认自己脚踏两条船，这其实就是一种占有欲、扩张欲。

我的短篇小说，从二十世纪八十年代写到现在，已经面目全非，但是我有意识地保留了“香椿树街”和“枫杨树乡”这两个“地名”，是有点机械的、本能的，似乎是一次次地自我灌溉，拾掇自己的园子，写一篇好的，可以忘了一篇不满意的，就像种一棵新的树去遮盖另一棵丑陋的枯树，我想让自己的园子有生机，还要好看，没有别的途径。

作家对待自己的感情有技术

最近看到有人在批评罗伯-格利耶[①]的作品，说他在小说技术上无限制地探索革新，其实损害了小说这种文体。我没有认真研究过罗伯-格利耶的小说技术，我的直觉是恰恰是他的那种“损害”技术成就了他的小说，因此而来的成就，完全可以讨论，仁者见仁，智者见智。我的观点是，与其说短篇小说有技术，不如说作家对待自己的感情有技术，如何在作品里处置自己的情感，你对自己的情感是否依赖，或者是否回避，是否纵容，是否遏制，这是一个问题，是需要探索的。

① 法国“新小说”流派创始人，电影大师。一九二二年八月十八日生于法国布列斯特，青少年时期在巴黎接受了系统教育。一九五三年发表新小说《橡皮》，一九五五年发表《窥视者》。代表作《不朽的女人》。

谁也不知道作家应该在作品里设置多高的情感温度，但那温度却是让人真切可感的，必须适宜他个人的情感需要，涉及不期而遇的几方当事人，无法约定。可以说那温度很神秘，有时候它确定作品的成败，那大概是非常重要的元素之一吧。

说到短篇的结构，我感觉无所谓紧和松，文字如果是在虚构的空间里奔跑，怎么跑都可以，只是必须在奔跑中到达终点，不会有人计时的，也不会有人因你奔跑姿势不规范而判你犯规的，如果说结构出问题，那作者不是气力不支爬到终点，就是中途退出了。

用传统美学探讨短篇是一个途径，一种角度，“聚”和“散”说起来是“气”的分配，其实也是个叙述问题。我一直觉得创作的魅力很大程度上是叙述的魅力，如果对一个小说，自己很喜爱，多半是叙述的力量，自己把自己弄晕了。这时候，你觉得你可以和小说中的人物握手拥抱，你甚至会感受到自己在小说世界里的目光，比在现实生活里更敏锐、更宽广、更残酷或者更温柔。也许自己喜欢自己这么多短篇，有点不正常，就像我不怎么喜欢自己的中、长篇，同样也不正常。我在短篇的写作中，与长篇不同的感受其实非常简单，写短篇是为我自己而写，写长篇是为苏童而写，都要写，因为我就是苏童。

孤僻者发出的歌声

好的短篇小说的得来，对我来说一样是偶然的，我不认为自己在短篇创作上有任何天分，只是喜欢，喜欢就会心甘情愿地投入。在短篇创作上，我有目标，目标有时候就是野心，我以前曾经大言不惭地祈祷自己的野心得逞，不过就是要成为短篇大师之类的话，现在觉得自己很滑稽，不是野心消失了，是自尊在阻挡病态的狂热，这种自尊是孤僻者觉悟后的自尊。孤僻者不要站到大庭广众前，尽管发出你孤僻的歌声，孤僻的歌声也许可以征服另一些孤僻的人。我的短篇，通常都有一个较长的酝酿期，有时候觉得呼之欲出了，一写却发现障碍，我不解决障碍，一般是冷处理，搁置一边。

有时候很奇怪，在写另一篇小说的时候，会想通前面那篇的问题，其实是在一个相对完美的叙述逻辑里反省到了另一个逻辑的问题。从这个经验来看，每一篇小说里的小世界呈现不同的景象，但仍然是一个世界，所有人对世界的描述都是局部描述，所有完美的描述都有放射性，其中隐藏着一种逻辑的动力，它捉摸不定，却必须驾驭。我认为，小说不靠算计，就是靠这种逻辑动力。所以你说要摆平小说中的每一个元素，实际是采取分解。我的理解是小说靠逻辑动力做乘法，要扩展，更要摆平的，还是叙述的逻辑。

小说都要把读者送到对岸去

谈小说的语言，确实是让人很为难的一件事。我最初的小说语言，可以说是追求色彩和温度的。有的小说语言回避故事和人物，面对杂乱的意象，采用的是从诗歌转换而来的叙述语言。二十世纪九十年代以后，诗歌语言开始“后撤”，所以我在学习叙述。叙述是个大课题，我们一直在讨论这个问题，但是说到底，我认同这么一个观点，人们记住一个小说，记住的通常是一个故事，一个或者几个人物，甚至是小说的某一个场景，很少有人去牢记小说的语言本身，所以，我在叙述语言上的努力，其实是在向一个方向努力，任何小说都要把读者送到对岸去，语言是水，也是船，没有喧哗的权利，不能喧宾夺主，所以要让它们齐心协力地顺流而下，把读者送到对岸去。

我尽量摆脱自己的作者身份。回头看这些作品，自己最偏爱的还是近期的短篇，也许是因为近期的小说总是不停地改，遗憾也就相对少一些。还有也许是因为近期的小说里有一个中年人的身影，中年人直面人生的态度是世故的，却比年轻人经得起推敲。当然，世故不是我的追求，所有的写作，最终都一样，必须用最世故的目光去寻找最纯洁的世界。

追寻真实与翻转真实

如果一部好的长篇小说是一部气势恢宏的交响乐，那么短篇小说就是室内乐，短篇小说不是一个人的独角戏，长篇小说中有诸多文学元素的相互作用，短篇小说中也都有。它虽然不像交响乐般华美，但其复杂性、丰富性与协作性都能得到体现。短篇小说的艺术体现为“一唱三叹”，“唱”其实就是创作，“叹”就是阅读之后所产生的审美概念。

在我看来，《三言二拍》标志着符合现代审美意义的短篇小说在中国出现。我最喜欢其中的《醒世恒言》，你会看到，在那样的时代，中国的业余作者，根据市井生活编造了大量世俗意义上的故事；在意大利，作家几乎采取了同样的方式，对世俗的人生百态进行描摹，创作了我们知道的《十日谈》。

《十日谈》和《三言二拍》时代的短篇小说呈现的是一个世俗的、草根的形态，当时的短篇小说写作者不是知识分子，所以对社会不存在批判的热切欲望。短篇小说在英、美、俄等国家发展、成熟得比较快，到了十九世纪末，契诃夫、莫泊桑等作家的出现，标志着短篇小说在西方的成熟。我们则到了现代文学中鲁迅先生创作的短篇小说的出现，我们的短篇小说算是真正成熟了。这个时候的短篇小说有一个共同的面貌，基本背离了《十日谈》与《三言二拍》的风格，短篇小说作者开始在作品中建立自己的形象，当然，很多人选择的是批判者的形象。

在短篇小说这么一个逼仄的空间里，我该讲一个什么样的故事？这是非常具体的问题。要写好小说，必须要提供好故事。这个故事怎么讲，成为一个非常大的学问。欧·亨利的小说《麦琪的礼物》《最后一片叶子》，让无数人记忆深刻。他的小说是靠什么东西提供故事的？对，是偶然性。欧·亨利所有的短篇小说都依赖于某一个偶然事件的发生，然后，敷衍出种种的意外，它的戏剧性就建立于此。这种方式在某一时期内成为短篇小说的正统，直到现在，美国有一种很有名的短篇小说，就叫欧·亨利短篇小说。

除此之外，短篇小说还有很多种类型，我倾向于美国学者哈罗德·布鲁姆的说法，他认为现代的短篇小说不是契诃夫就是博尔赫斯。在布鲁姆看来，这是两种短篇小说，契诃夫式的短篇小说和博尔赫斯式的短篇小说。布鲁姆说："短篇小说的一个使命，是用契诃夫去追寻真实，用博尔赫斯去翻转真实。"以契诃夫名篇《万卡》来解读"用契诃夫来追寻真实"这句话，这封小男孩万卡写给爷爷的信，似乎写得很杂乱的，但是你在静心读的时候，会真的读出眼泪。我的泪点其实很高，但是契诃夫让我读出了眼泪。就这么一篇三千字的《万卡》，可以体会到契诃夫真实的力量。

最初，我对"用博尔赫斯去翻转真实"感到费解。后来看到布鲁姆引入了卡夫卡，用了"卡夫卡和博尔赫斯"这个表述时，我突然明白了"翻转"的含义。博尔赫斯是一个非常奇特的大师，他在晚年时眼睛瞎了，他作品里那些唯美的句子，居然是他自己说出来，由他妈妈记录的。他的小说有两类：一类是《交叉小径的花园》《阿莱夫》这样比较虚幻的；还有一类是非常写实的，写阿根廷日常街头生活的，那是在他还比较健康的时候创作的。

“追求真实”与“翻转真实”的差异，其实就是面对着一只落水的桶。契诃夫的小说，是慢慢地写水面的，水面慢慢地降低，桶底露出来，有一条缝，如果说这就是真实，那么契诃夫就从水写起，他是不破坏我们的习惯的。但我们看卡夫卡的《变形记》，格里高利一觉醒来，变成一条虫子，很少有人会问，他是怎么变成虫子的？他只看你接不接受最后的结论，这就是把水倒掉，把桶倒扣在地上，直接告诉你，这个桶的桶底有一条缝。格里高利从一个人变成一条虫子，如果在契诃夫那里应该是有细细的描述，这其实是内藏一个非常大的象征，是你对这个象征接受不接受。用“卡夫卡和博尔赫斯”，解释对真实的一种诉求，不要计较这个虫子有没有什么荒诞性。“翻转真实”就是把一个荒诞的、偏离我们日常生活真实的事情告诉你。

无论是追求真实也好，翻转真实也好，短篇小说的使命还是要去揭露现实。说到短篇小说的发展，如果用一句话来概括，就是在反对欧·亨利、莫泊桑的道路上越走越远，这是当今短篇小说的一个总体趋势和走向。雷蒙德·卡佛的小说开创了一种堪称新时代短篇小说的视野，甚至是方法。现在不仅是中国作家，在世界范围内，短篇小说创作都是在反莫泊桑的道路上越走越远，越来越趋向于一种简单。

鲁迅

我怎么作起小说来[①]

我怎么作起小说来？——这来由，已经在《呐喊》的序文上，约略说过了。这里还应该补叙一点的，是当我留心文学的时候，情形和现在很不同：在中国，小说不算文学，作小说的也绝不能称为文学家，所以并没有人想在这一条道路上出世。我也并没有要将小说抬进“文苑”里的意思，不过想利用它的力量，来改良社会。

但也不是自己想创作，注重的倒是在绍介[②]，在翻译，而尤其注重于短篇，特别是被压迫的民族中的作者的作品。因为那时正盛行着排满论，有些青年，都引那叫喊和

① 初收鲁迅、叶圣陶、郁达夫等著《创作的经验》第一版，上海：上海天马书店，一九三三年六月，后收入《南腔北调集》。

② 即介绍。

反抗的作者为同调的。所以“小说作法”之类，我一部都没有看过，看短篇小说却不少，小半是自己也爱看，大半则因了搜寻绍介的材料。也看文学史和批评，这是因为想知道作者的为人和思想，以便决定应否绍介给中国。和学问之类，是绝不相干的。

因为所求的作品是叫喊和反抗，势必至于倾向了东欧，因此所看的俄国、波兰以及巴尔干诸小国作家的东西就特别多。也曾热心地搜求印度、埃及的作品，但是得不到。记得当时最爱看的作者，是俄国的果戈理（N.Gogol）和波兰的显克微支[①]（H.Sienkiewica）。日本的，是夏目漱石[②]和森鸥外[③]。

---

① 即显克维奇（一八四六～一九一六），波兰作家，著有历史小说三部曲《火与剑》《洪流》《伏沃迪约夫斯基先生》和中篇小说《炭画》等。其作品主要反映波兰农民的痛苦生活和波兰人民反对外族侵略的斗争。

② 夏目漱石（一八六七～一九一六），日本小说家，著有长篇小说《我是猫》、中篇小说《哥儿》等。

③ 森鸥外（一八六二～一九二二），日本小说家、文学评论家，著有小说《舞姬》等。

回国以后，就办学校，再没有看小说的工夫了，这样的有五六年。为什么又开手了呢？——这也已经写在《呐喊》的序文里，不必说了。但我的来作小说，也并非自以为有作小说的才能，只因为那时是住在北京的会馆[①]里的，要作论文罢，没有参考书，要翻译罢，没有底本，就只好作一点小说模样的东西塞责，这就是《狂人日记》。大约所仰仗的全在先前看过的百来篇外国作品和一点医学上的知识，此外的准备，一点也没有。

但是《新青年》的编辑者，却一回一回地来催，催几回，我就作一篇，这里我必得记念[②]陈独秀先生，他是催促我作小说最着力的一个[③]。

---

① 指北京宣武门外南半截胡同的“绍兴县馆”。一九一二年五月至一九一九年十一月，鲁迅寄住于此。

② 意为挂碍、怀念、记挂。

③ 五四时期陈独秀在致周作人的函件中极力敦促鲁迅从事小说写作，如一九二〇年三月十一日信：“我们很盼望豫才先生为《新青年》创作小说，请先生告诉他。”又八月二十二日信：“鲁迅兄作的小说，我实在五体投地地佩服。”

自然，作起小说来，总不免自己有些主见的。例如，说到“为什么”作小说罢，我仍抱着十多年前的“启蒙主义”，以为必须是“为人生”，而且要改良这人生。我深恶先前的称小说为“闲书”，而且将“为艺术的艺术”看作不过是“消闲”的新式的别号。所以我的取材，多采自病态社会的不幸的人们中，意思是在揭出病苦，引起疗救的注意。所以我力避行文的唠叨，只要觉得够将意思传给别人了，就宁可什么陪衬拖带也没有。中国旧戏上，没有背景，新年卖给孩子看的花纸上，只有主要的几个人（但现在的花纸却多有背景了），我深信对于我的目的，这方法是适宜的，所以我不去描写风月，对话也决不说到一大篇。

我作完之后，总要看两遍，自己觉得拗口的，就增删几个字，一定要它读得顺口；没有相宜的白话，宁可引古语，希望总有人会懂，只有自己懂得或连自己也不懂的生造出来的字句，是不大用的。这一节，许多批评家之中，只有一个人看出来了，但他称我为Stylist[①]。

所写的事迹，大抵有一点见过或听到过的缘由，但决不全用这事实，只是采取一端，加以改造，或生发开去，到足以几乎完全发表我的意思为止。人物的模特儿也一样，没有专用过一个人，往往嘴在浙江，脸在北京，衣服在山西，是一个拼凑起来的角色。有人说，我的那一篇是骂谁，某一篇又是骂谁，那是完全胡说的。

不过这样的写法，有一种困难，就是令人难以放下笔。一气写下去，这人物就逐渐活动起来，尽了他的任务。但倘有什么分心的事情来一打岔，放下许久之后再来写，性格也许就变了样，情景也会和先前所预想的不同起来。例如我作的《不周山》，原意是在描写性的发动和创造，

---

① 指文体家。这里所指似为黎锦明。黎锦明在《论体裁描写与中国新文艺》（见《文学周报》第五卷第二期，一九二八年二月合订本）中说："西欧的作家对于体裁，是其第一安到著作的路的门径，还竟有所谓体裁家（Stylist）者。……我们的新文艺，除开鲁迅、叶绍钧二三人的作品还可见到有体裁的修养外，其余大都似乎随意地把它挂在笔头上。"

以至衰亡的，而中途去看报章，见了一位道学的批评家[1]攻击情诗的文章，心里很不以为然，于是小说里就有一个小人物跑到女娲的两腿之间来，不但不必有，且将结构的宏大毁坏了。但这些处所[2]，除了自己，大概没有人会觉到的，我们的批评大家成仿吾先生，还说这一篇作得最出色。

我想，如果专用一个人做骨干，就可以没有这弊病的，但自己没有试验过。

忘记是谁说的了，总之是，要极省俭地画出一个人的特点，最好是画他的眼睛[3]。我以为这话是极对的，倘若画了全副的头发，即使细得逼真，也毫无意思。我常在学学这一种方法，可惜学不好。

---

① 指胡梦华。一九二二年十月二十四日，胡梦华在《时事新报·学灯》上发表《读了〈蕙的风〉以后》，攻击汪静之作的诗集《蕙的风》，认为其中某些情诗是“堕落轻薄”的作品，有“不道德的嫌疑”，参见《热风·反对“含泪”的批评家》。

② 指地方。下同。

③ 此为东晋画家顾恺之的话，参见南朝宋刘义庆《世说新语·巧艺》：“顾长康画人，或数年不点目睛。人问其故，顾曰：‘四体妍蚩，本无关于妙处；传神写照，正在阿堵中。’”顾长康，即顾恺之，字长康。阿堵，当时俗语，意为这个。

可省的处所，我决不硬添，作不出的时候，我也决不硬作，但这是因为我那时别有收入，不靠卖文为活的缘故，不能作为通例的。

还有一层，是我每当写作，一律抹杀各种的批评。因为那时中国的创作界固然幼稚，批评界更幼稚，不是举之上天，就是按之入地，倘将这些放在眼里，就要自命不凡，或觉得非自杀不足以谢天下的。批评必须坏处说坏，好处说好，才于作者有益。

但我常看外国的批评文章，因为他于我没有恩怨嫉恨，虽然所评的是别人的作品，却很有可以借镜之处。但自然，我也同时一定留心这批评家的派别。

以上，是十年前的事了，此后并无所作，也没有长进，编辑先生要我作一点这类的文章，怎么能呢？拉杂写来，不过如此而已。

一九三三年三月五日灯下

怎么写[①]

写什么是一个问题，怎么写又是一个问题。

今年不大写东西，而写给《莽原》的尤其少。我自己明白这原因。说起来是极可笑的，就因为它纸张好。有时有一点杂感，仔细一看，觉得没有什么大意思，不要去填黑了那么洁白的纸张，便废然而止了。好的又没有。我的头里是如此的荒芜、浅陋、空虚。

可谈的问题自然多得很，自宇宙以至社会国家，高超的还有文明、文艺。古来许多人谈过了，将来要谈的人也将无穷无尽。但我都不会谈。记得还是去年躲在厦门岛

---

① 原载《莽原》第十八、第十九期合刊，一九二七年十月十日，后收入《三闲集》。原题为《怎么写——夜记之一》，现标题为编者所改。

上的时候，因为太讨人厌了，终于得到“敬鬼神而远之”式的待遇，被供在图书馆楼上的一间屋子里。白天还有馆员、钉书匠、阅书的学生，夜九时后，一切星散，一所很大的洋楼里，除我以外，没有别人。我沉静下去了。寂静浓到如酒，令人微醺。望后窗外骨立的乱山中许多白点，是丛冢；一粒深黄色火，是南普陀寺的琉璃灯。前面则海天微茫。黑絮一般的夜色简直似乎要扑到心坎里。我靠了石栏远眺，听得自己的心音，四远[①]还仿佛有无量悲哀、苦恼、零落、死灭，都杂入这寂静中，使它变成药酒，加色，加味，加香。这时，我曾经想要写，但是不能写，无从写。这也就是我所谓“当我沉默着的时候，我觉得充实，我将开口，同时感到空虚”[②]。

莫非这就是一点“世界苦恼[③]”吗？我有时想。然而大约又不是的，这不过是淡淡的哀愁，中间还带些愉快。我

① 指四方。

② 引自《野草·题辞》。

③ “世界苦恼”（Weltschmerz），意指人生在世难免苦恼，后有人用以解释文艺创作，认为苦恼乃创作之源。

想接近它，但我愈想，它却愈渺茫了，几乎就要发现仅只我独自倚着石栏，此外一无所有。必须待到我忘了努力，才又感到淡淡的哀愁。

那结果却大抵不很高明。腿上钢针似的一刺，我便不假思索地用手掌向痛处直拍下去，同时只知道蚊子在咬我。什么哀愁，什么夜色，都飞到九霄云外去了，连靠过的石栏也不再放在心里。而且这还是现在的话，那时呢，回想起来，是连不将石栏放在心里的事也没有想到的。仍是不假思索地走进房里去，坐在一把唯一的半躺椅——躺不直的藤椅子——上，抚摩着蚊喙的伤，直到它由痛转痒，渐渐肿成一个小疙瘩。我也就从抚摩转成搔，掐，直到它由痒转痛，比较地能够打熬[①]。

此后的结果就更不高明了，往往是坐在电灯下吃柚子。

---

① 意为支撑、忍耐、忍受。

虽然不过是蚊子的一叮，总是本身上的事来得切实。能不写自然更快活，倘非写不可，我想，也只能写一些这类小事情，而还万不能写得正如那一天所身受的显明深切。而况千叮万叮，而况一刀一枪，那是写不出来的。

尼采爱看血写的书。[①]但我想，血写的文章，怕未必有罢。文章总是墨写的，血写的倒不过是血迹。它比文章自然更惊心动魄，更直截分明，然而容易变色，容易消磨。这一点，就要任凭文学逞能，恰如冢中的白骨，往古来今，总要以它的永久来傲视少女颊上的轻红似的。

能不写自然更快活，倘非写不可，我想，就是随便写写罢，横竖也只能如此。这些都应该和时光一同消逝，假使会比血迹永远鲜活，也只足证明文人是侥幸者，是乖角儿。但真的血写的书，当然不在此例。

当我这样想的时候，便觉得“写什么”倒也不成什么

---

① 尼采在《查拉图斯特拉如是说》中说：“在一切著作中，吾所爱者，唯用血写之著作。”

问题了。

“怎样写”的问题，我是一向未曾想到的。初知道世界上有着这么一个问题，还不过两星期之前。那时偶然上街，偶然走进丁卜书店去，偶然看见一叠《这样做》[①]，便买取了一本。这是一种期刊，封面上画着一个骑马的少年兵士。我一向有一种偏见，凡书面上画着这样的兵士和手捏铁锄的农工的刊物，是不大去涉略的，因为我总疑心它是宣传品。发抒自己的意见，结果弄成带些宣传气味了的伊孛生[②]等辈的作品，我看了倒并不发烦。但对于先有了“宣传”两个大字的题目，然后发出议论来的文艺作品，却总有些格格不入，那不能直吞下去的模样，就和雒诵[③]教训文学的时候相同。但这《这样做》却又有些特别，因为我还记得日报上曾经说过，是和我有关系的。也是凡事切己，则格外关心的一例罢，我便再不怕书面上的骑马的英

① 旬刊，一九二七年三月二十七日在广州创刊。主编孔圣裔原为共产党员，后叛变。

② 易卜生（一八二八～一九〇六），挪威剧作家。代表作有《培尔·金特》《玩偶之家》等。

③ 反复诵读的意思。

雄，将它买来了。回来后一检查剪存的旧报，还在的，日子是三月七日，可惜没有注明报纸的名目，但不是《民国日报》[①]便是《国民新闻》，因为我那时所看的只有这两种。下面抄一点报上的话：

> 自鲁迅先生南来后，一扫广州文学之寂寞，先后创办者有《做什么》《这样做》两刊物。闻《这样做》为革命文学社定期出版物之一，内容注重革命文艺及本党主义之宣传。……

开首的两句话有些含混，说我都与闻其事的也可以，说因我“南来”了而别人创办的也通。但我是全不知情。当初将日报剪存，大概是想调查一下的，后来却又忘却，搁下了。现在还记得《做什么》[②]出版后，曾经送给我五本，我觉得这团体是共产青年主持的，因为其中有“坚

---

① 与《国民新闻》均为国民党在广州创办的报纸。

② 周刊，中国共产党广东区委学生运动委员会的机关刊物。

如”“三石”等署名，该是毕磊[①]，通信处也是他。他还曾将十来本《少年先锋》[②]送给我，而这刊物里面则分明是共产青年所作的东西。

果然，毕磊君大约确是共产党，于四月十八日从中山大学被捕。据我的推测，他一定早已不在这世上了，这看去很是瘦小精干的湖南青年。

《这样做》却在两星期以前才见面，已经出到七八期合册了。第六期没有，或者说被禁止，或者说未刊，莫衷一是，我便买了一本七八合册和第五期。看日报的记事便知道，这该是和《做什么》反对，或对立的。我拿回来，倒看上去，通讯栏里就这样说：“在一般CP[③]气焰盛张之时，……而你们一觉悟起来，马上退出CP，不只是光退出便了事，尤其值得CP气死的，就是破天荒的接二连三的退

① 笔名坚如、三石，湖南长沙人。当时为中山大学英文系学生，曾任中共广东区委学生运动委员会副书记、《做什么》主编，后被捕牺牲。

② 当时中国共产主义青年团广东区委员会的机关刊物。

③ 英语Communist Party的缩写，即共产党。

出共产党登报声明。……”那么，确是如此了。

这里又即刻出了一个问题。为什么这么大相反对的两种刊物，都因我“南来”而“先后创办”呢？这在我自己，是容易解答的：因为我新来而且灰色。但要讲起来，怕又有些话长，现在姑且保留，待有相当的机会时再说罢。

这回且说我看《这样做》。看过通讯，懒得倒翻上去了，于是看目录。忽而看见一个题目道：《郁达夫先生休矣》[①]，便又起了好奇心，立刻看文章。这还是切己的琐事总比世界的哀愁关心的老例，达夫先生是我所认识的，怎么要他“休矣”了呢？急于要知道。假使说的是张龙赵虎，或是我素昧平生的伟人，老实说罢，我决不会如此留心。

原来是达夫先生在《洪水》[②]上有一篇《在方向转换的

---

① 孔圣裔在《这样做》第七、八期合刊上发表的文章。

② 创造社刊物。

途中》，说这一次的革命是阶级斗争的理论的实现，而记者则以为是民族革命的理论的实现。大约还有英雄主义不适宜于今日等类的话罢，所以便被认为“中伤”和“挑拨离间”，非“休矣”不可了。

我在电灯下回想，达夫先生我见过好几面，谈过好几回，只觉他稳健和平，不至于得罪于人，更何况得罪于国。怎么一下子就这么流于“偏激”了？我倒要看看《洪水》。

这期刊，听说在广西是被禁止的了，广东倒还有。我得到的是第三卷第二十九至三十二期。照例的坏脾气，从三十二期倒看上去，不久便翻到第一篇《日记文学》，也是达夫先生作的，于是便不再去寻《在方向转换的途中》，变成看谈文学了。我这种模模糊糊的看法，自己也明知道是不对的，但“怎么写”的问题，却就出在那里面。

作者的意思，大略是说凡文学家的作品，多少总带点自叙传的色彩的，若以第三人称来写出，则时常有误成第一人称的地方。而且叙述这第三人称的主人公的心理状态过于详细时，读者会疑心这别人的心思，作者何以会晓得这样精细？于是那一种幻灭之感，就使文学的真实性消失了。所以散文作品中最便当的体裁，是日记体，其次是书简体。

这诚然也值得讨论的。但我想，体裁似乎不关重要。上文的第一缺点，是读者的粗心。但只要知道作品大抵是作者借别人以叙自己，或以自己推测别人的东西，便不至于感到幻灭，即使有时不合事实，然而还是真实。其真实，正与用第三人称时或误用第一人称时毫无不同。倘有读者只执滞于体裁，只求没有破绽，那就以看新闻记事为宜，对于文艺，活该幻灭。而其幻灭也不足惜，因为这不是真的幻灭，正如查不出大观园的遗迹，而不满于《红楼梦》者相同。倘作者如此牺牲了抒写的自由，即使极小部分，也无异于削足适履的。

第二种缺陷，在中国也已经是颇古的问题。纪晓岚攻击蒲留仙[①]的《聊斋志异》，就在这一点。两人密语，决不肯泄，又不为第三人所闻，作者何从知之？所以他的《阅微草堂笔记》，竭力只写事状，而避去心思和密语。但有时又落了自设的陷阱，于是只得以《春秋左氏传》的“浑良夫梦中之噪”[②]来解嘲。他的支绌的原因，是在要使读者信一切所写为事实，靠事实来取得真实性，所以一与事实相左，那真实性也随即灭亡。如果他先意识到这一切是创作，即是他个人的造作，便自然没有一切挂碍了。

一般的幻灭的悲哀，我以为不在假，而在以假为真。记得年幼时，很喜欢看变戏法，猢狲骑羊，石子变白鸽，最末是将一个孩子刺死，盖上被单，一个江北口音的人向

① 即蒲松龄（一六四〇～一七一五），号留仙。

② 纪晓岚在《阅微草堂笔记·槐西杂志》中，记了旁人所谈的一个读书人受鬼奚落的故事，末段是：“余曰：‘此先生玩世之寓言耳。此语既未亲闻，又旁无闻者，岂此士人为鬼揶揄，尚肯自述邪？’先生掀髯曰：‘钽麑槐下之辞，浑良夫梦中之噪，谁闻之欤！’”“浑良夫梦中之噪”，见《春秋左氏传》哀公十七年：“（秋，七月）卫侯梦于北宫，见人登昆吾之观，披长发北面而噪曰：“‘登比昆吾之虚，绵绵生之瓜。余为浑良夫，叫天无辜！’”浑良夫原系卫臣，这年春天被卫太子所杀，所以书中说卫侯梦中见他披发大叫。

观众装出撒钱模样道：Huazaa[①]！Huazaa！大概是谁都知道，孩子并没有死，喷出来的是装在刀柄里的苏木汁[②]，Huazaa一够，他便会跳起来的。但还是出神地看着，明明意识着这是戏法，而全心沉浸在这戏法中。万一变戏法的定要做得真实，买了小棺材，装进孩子去，哭着抬走，倒反索然无味了。这时候，连戏法的真实也消失了。

我宁看《红楼梦》，却不愿看新出的《林黛玉日记》[③]，它一页能够使我不舒服小半天。《板桥家书》[④]我也不喜欢看，不如读他的《道情》。我所不喜欢的是他题了“家书”两个字。那么，为什么刻了出来给许多人看的呢？不免有些装腔。幻灭之来，多不在假中见真，而在真中见假。日记体、书简体，写起来也许便当得多罢，但也极容易起幻灭之感；而一起则大抵很厉害，因为它起先模

---

① 用拉丁字母拼写的象声词，译音为“哗嚓”，形容撒钱的声音。

② 苏木是常绿小乔木，心材称“苏方”，可用来制成红色染料，称为“苏木汁”。

③ 日记体小说，喻血轮作。一九一八年由上海广文书局出版。

④ 清代郑燮作。郑燮（一六九三～一七六五），号板桥，江苏兴化人，文学家、书画家。

样装得真。

《越缦堂日记》[1]近来已极风行了，我看了却总觉得他每次要留给我一点很不舒服的东西。为什么呢？一是钞上谕。大概是受了何焯[2]的故事的影响的，他提防有一天要蒙“御览”。二是许多墨涂。写了尚且涂去，该有许多不写的罢？三是早给人家看，钞，自以为一部著作了。我觉得从中看不见李慈铭的心，却时时看到一些做作，仿佛受了欺骗。翻翻一部小说，虽是很荒唐、浅陋、不合理，倒从来不起这样的感觉的。

听说后来胡适之先生也在作日记，并且给人传观了。照文学进化的理论讲起来，一定该好得多。我希望他提前陆续地印出。

---

① 清代李慈铭著。

② 清代校勘家，江苏长洲（今属苏州）人。康熙时官至编修，后因事入狱，著作及藏书均被没收。康熙皇帝曾亲自检查这些书籍，未见罪证，遂准予免罪并发还藏书。

但我想，散文的体裁，其实是大可以随便的，有破绽也不妨。做作的写信和日记，恐怕也还不免有破绽，而一有破绽，便破灭到不可收拾了。与其防破绽，不如忘破绽。

《阿Q正传》的成因

在《文学周报》二五一期里，西谛[1]先生谈起《呐喊》，尤其是《阿Q正传》。这不觉引动我记起了一些小事情，也想借此来说一说，一则也算是作文章，投了稿；二则还可以给要看的人去看去。

我先要抄一段西谛先生的原文——

这篇东西值得大家如此的注意，原不是无因的。但也有几点值得商榷的，如最后“大团圆”的一幕，我在《晨报》上初读此作之时，即不以为然，至今

① 即郑振铎，笔名西谛。中国现代著名作家、诗人、学者、文学评论家、文学史家、翻译家、艺术史家。代表作《猫》《我是少年》《插图本中国文学史》等。

也还不以为然，似乎作者对于阿Q之收局太匆促了；他不欲再往下写了，便如此随意地给他以一个“大团圆”。像阿Q那样的一个人，终于要做起革命党来，终于受到那样大团圆的结局，似乎连作者他自己在最初写作时也是料不到的。至少在人格上似乎是两个。

阿Q是否真要做革命党，即使真做了革命党，在人格上是否似乎是两个，现在姑且勿论。单是这篇东西的成因，说起来就要很费工夫了。我常常说，我的文章不是涌出来的，是挤出来的。听的人往往误解为谦逊，其实是真情。我没有什么话要说，也没有什么文章要作，但有一种自害的脾气，是有时不免呐喊几声，想给人们去添点热闹。譬如一匹疲牛罢，明知不堪大用的了，但废物何妨利用呢？所以张家要我耕一弓[①]地，可以的；李家要我挨一转磨，也可以的；赵家要我在他店前站一刻，在我背上贴出广告道：敝店备有肥牛，出售上等消毒滋养牛乳。我虽然深知道自己是怎么瘦，又是公的，并没有乳，然而想到他

① 旧时丈量地亩的计算单位，一弓等于五尺。

们为张罗生意起见，情有可原，只要出售的不是毒药，也就不说什么了。但倘若用得我太苦，是不行的，我还要自己觅草吃，要喘气的工夫；要专指我为某家的牛，将我关在他的牛牢内，也不行的，我有时也许还要给别家挨几转磨。如果连肉都要出卖，那自然更不行，理由自明，无须细说。倘遇到上述的三不行，我就跑，或者索性躺在荒山里。即使因此忽而从深刻变为浅薄，从战士化为畜生，吓我以康有为，比我以梁启超，也都满不在乎，还是我跑我的，我躺我的，决不出来再上当，因为我于“世故”实在是太深了。

近几年《呐喊》有这许多人看，当初是万料不到的，而且连料也没有料。不过是依了相识者的希望，要我写一点东西就写一点东西。也不很忙，因为不很有人知道鲁迅就是我。我所用的笔名也不止一个：LS、神飞、唐俟、某生者、雪之、风声；更以前还有：自树、索士、令飞、迅行。鲁迅就是承迅行而来的，因为那时的《新青年》编辑者不愿意有别号一般的署名。

现在是有人[1]以为我想做什么狗首领了，真可怜，侦察了百来回，竟还不明白。我就从不曾插了鲁迅的旗去访过一次人；“鲁迅即周树人”，是别人[2]查出来的。这些人有四类：一类是为要研究小说，因而要知道作者的身世；一类单是好奇；一类是因为我也作短评，所以特地揭出来，想我受点祸；一类是以为于他有用处，想要钻进来。

那时我住在西城边，知道鲁迅就是我的，大概只有《新青年》《新潮》社里的人们罢；孙伏园[3]也是一个。他正在晨报馆编副刊。不知是谁的主意，忽然要添一栏称为“开心话”的了，每周一次。他就来要我写一点东西。

阿Q的影像，在我心目中似乎确已有了好几年，但我一向毫无写他出来的意思。经这一提，忽然想起来了，晚上便写了一点，就是第一章：序。因为要切“开心话”这

---

① 指高长虹等，高在《一九二五年北京出版界形势指掌图》里说：“我与鲁迅，会面不止百次。”同时谩骂鲁迅“要以主帅自诩”。

② 指陈西滢等，陈在一九二六年一月三十日《晨报副刊》发表的《致志摩》里特别指出：“鲁迅，即教育部佥事周树人先生的名字。”

③ 浙江绍兴人，鲁迅先生的朋友。

题目，就胡乱加上些不必有的滑稽，其实在全篇里也是不相称的。署名是“巴人”，取“下里巴人[①]”，并不高雅的意思。谁料这署名又闯了祸了，但我却一向不知道，今年在《现代评论》上看见涵庐（高一涵）的《闲话》才知道的。那大略是——

> ……我记得当《阿Q正传》一段一段陆续发表的时候，有许多人都栗栗危惧，恐怕以后要骂到他的头上。并且有一位朋友，当我面说，昨日《阿Q正传》上某一段仿佛就是骂他自己。因此便猜疑《阿Q正传》是某人作的，何以呢？因为只有某人知道他这一段私事。……从此疑神疑鬼，凡是《阿Q正传》中所骂的，都以为就是他的阴私；凡是与登载《阿Q正传》的报纸有关系的投稿人，都不免做了他所认为《阿Q正传》的作者的嫌疑犯了！等到他打听出来《阿Q正传》的作者名姓的时候，他才知道他和作者素不相识，因此才恍然自悟，又逢人声明说不是骂

① 原指古代楚国的通俗歌曲，这里借以强调大众性。

他。（第四卷第八十九期）

我对于这位“某人”先生很抱歉，竟因我而做了许多天嫌疑犯。可惜不知是谁，“巴人”两字很容易疑心到四川人身上去，或者是四川人罢。直到这一篇收在《呐喊》里，也还有人问我：你实在是在骂谁和谁呢？我只能悲愤，自恨不能使人看得我不至于如此下劣。

第一章登出之后，便“苦”字临头了，每七天必须作一篇。我那时虽然并不忙，然而正在做流民，夜晚睡在做通路的屋子里，这屋子只有一个后窗，连好好的写字地方也没有，那里能够静坐一会，想一下。伏园虽然还没有现在这样胖，但已经笑嘻嘻，善于催稿了。每星期来一回，一有机会，就是：“先生，《阿Q正传》……。明天要付排了。”于是只得作，心里想着，“俗语说：‘讨饭怕狗咬，秀才怕岁考。’我既非秀才，又要周考，真是为难……。”然而终于又一章。但是，似乎渐渐认真起来了；伏园也觉得不很“开心”，所以从第二章起，便移在“新文艺”栏里。

这样地一周一周挨下去，于是乎就不免发生阿Q可要做革命党的问题了。据我的意思，中国倘不革命，阿Q便不做，既然革命，就会做的。我的阿Q的运命[①]，也只能如此，人格也恐怕并不是两个。民国元年已经过去，无可追踪了，但此后倘再有改革，我相信还会有阿Q似的革命党出现。我也很愿意如人们所说，我只写出了现在以前的或一时期，但我还恐怕我所看见的并非现代的前身，而是其后，或者竟是二三十年之后。其实这也不算辱没了革命党，阿Q究竟已经用竹筷盘上他的辫子了；此后十五年，长虹“走到出版界”，不也就成为一个中国的“绥惠略夫[②]”了么？

《阿Q正传》大约作了两个月，我实在很想收束了，但我已经记不大清楚，似乎伏园不赞成，或者是我疑心倘一收束，他会来抗议，所以将“大团圆”藏在心里，而阿Q却已经渐渐向死路上走。到最末的一章，伏园倘在，也

① 即命运。

② 俄国作家阿尔志跋绥夫（一八七八～一九二七）的小说《工人绥惠略夫》中的人物，无政府主义者。

许会压下，而要求放阿Q多活几星期的罢。但是“会逢其适”，他回去了，代庖的是何作霖君，于阿Q素无爱憎，我便将“大团圆”送去，他便登出来。待到伏园回京，阿Q已经枪毙了一个多月了。纵令伏园怎样善于催稿，如何笑嬉嬉，也无法再说“先生，《阿Q正传》……”从此我总算收束了一件事，可以另干别的去。另干了别的什么，现在也已经记不清，但大概还是这一类的事。

其实“大团圆”倒不是“随意”给他的；至于初写时可曾料到，那倒确乎也是一个疑问。我仿佛记得：没有料到。不过这也无法，谁能开首就料到人们的“大团圆”？不但对于阿Q，连我自己将来的“大团圆”，我就料不到究竟是怎样。终于是“学者”，或“教授”乎？还是“学匪”或“学棍”呢？“官僚”乎，还是“刀笔吏”呢？“思想界之权威”乎，抑“思想界先驱者”乎？抑又“世故的老人”乎？“艺术家”？“战士”？抑又是见客不怕麻烦的特别“亚拉籍夫”乎？乎？乎？乎？乎？

但阿Q自然还可以有各种别样的结果，不过这不是我所知道的事。

先前，我觉得我很有写得“太过”的地方，近来却不这样想了。中国现在的事，即使如实描写，在别国的人们，或将来的好中国的人们看来，也都会觉得grotesk[①]。我常常假想一件事，自以为这是想得太奇怪了；但倘遇到相类的事实，却往往更奇怪。在这事实发生以前，以我的浅见寡识，是万万想不到的。

大约一个多月以前，这里枪毙一个强盗，两个穿短衣的人各拿手枪，一共打了七枪。不知道是打了不死呢，还是死了仍然打，所以要打得这么多。当时我便对我的一群少年同学们发感慨，说：这是民国初年初用枪毙的时候的情形；现在隔了十多年。应该进步些，无须给死者这么多的苦痛。北京就不然，犯人未到刑场，刑吏就从后脑一枪，结果了性命，本人还来不及知道已经死了呢。所以北京究竟是“首善之区”，便是死刑，也比外省的好得远。

---

① 德语，意为古怪的、荒诞的。

但是前几天看见十一月二十三日的北京《世界日报》，又知道我的话并不的确了，那第六版上有一条新闻，题目是《杜小拴子刀铡而死》，共分五节，现在撮录一节在下面——

> 杜小拴子刀铡余人枪毙先时。卫戍司令部因为从了毅军各兵士的请求，决定用“枭首刑”，所以杜等不曾到场以前，刑场已预备好了铡草大刀一把了。刀是长形的，下边是木底，中缝有厚大而锐利的刀一把，刀下头有一孔，横嵌木上，可以上下地活动，杜等四人入刑场之后，由招扶的兵士把杜等架下刑车，就叫他们脸冲北，对着已备好的刑桌前站着。……杜并没有跪，有外右五区的某巡官去问杜：要人把着不要？杜就笑而不答，后来就自己跑到刀前，自己睡在刀上，仰面受刑，先时行刑兵已将刀抬起，杜枕到适宜的地方后，行刑兵就合眼猛力一铡，杜的身首，就不在一处了。当时血出极多。在旁边跪等枪决的宋振山等三人，也各偷眼去看，中有赵振一名，身上还发起颤来。后由某排长拿手枪站在宋等的后面，先毙宋

振山，后毙李有三、赵振，每人都是一枪毙命。……先时，被害程步墀的两个儿子忠智、忠信，都在场观看，放声大哭，到各人执刑之后，去大喊：爸！妈呀！你的仇已报了！我们怎么办哪？听的人都非常难过，后来由家族引导着回家去了。

假如有一个天才，真感着时代的心搏，在十一月二十二日发表出记叙这样情景的小说来，我想，许多读者一定以为是说着包龙图[①]爷爷时代的事，在西历十一世纪，和我们相差将有九百年。

这真是怎么好……

至于《阿Q正传》的译本，我只看见过两种。法文的登在八月份的《欧罗巴》上，还止三分之一，是有删节的。英文的似乎译得很恳切，但我不懂英文，不能说什么。只是偶然看见还有可以商榷的两处：一是“三百大钱

---

① 即包拯（九九九～一〇六二），宋代庐州合肥（今属安徽）人，曾官至龙图阁直学士。

九二串”当译为“三百大钱，以九十二文作为一百”的意思；二是“柿油党”不如译音，因为原是“自由党”，乡下人不能懂，便讹成他们能懂的“柿油党”了。

一九二六年十二月三日，在厦门写